CB049751

MIMO

Virginia Woolf

Uma prosa apaixonada

ORGANIZAÇÃO E TRADUÇÃO
Tomaz Tadeu

POSFÁCIOS
Roxanne Covelo
Emily Kopley

autêntica

7
Apresentação
Tomaz Tadeu

I. A poesia da prosa

15
"Uma prosa apaixonada"

29
Carta a um jovem poeta

53
Música de rua

II. A poesia e a prosa

65
Artesania

77
A poesia, a ficção e o futuro

97
Os poetas (*In* "As fases da ficção")

III. Prosas poéticas

115
As ondas (prelúdios)

135
O tempo passa

Posfácios

165
De Quincey nos ensaios de Virginia:
a poesia da prosa e o gênero autobiográfico
Roxanne Covelo

199
Virginia Woolf: entre a poesia e a prosa
Emily Kopley

Apresentação

Tomaz Tadeu

"Poesia é poesia e prosa é prosa" – é o refrão que Virginia atribui, no ensaio "Uma prosa apaixonada", aos que se comprazem em traçar os limites dos diferentes gêneros literários. Mas, excetuando-se certas características convencionais, gráficas – como, por exemplo, a lineação (quebrada, em pontos arbitrários, na poesia; contínua, na prosa); a métrica (outrora própria da poesia e inexistente na prosa); a rima (vista como essencial na poesia do passado; condenada como defeito na prosa); e a voz (monofônica na poesia; polifônica, em geral, na prosa) –, a distinção entre a prosa literária e a poesia se estreita consideravelmente.

No fundo, a diferença essencial é entre a escrita literária e a escrita instrumental. É nessa diferença que poesia e prosa se igualam. E aplicar o adjetivo "poético" à prosa literária em geral e ao romance em particular não significa dizer que a prosa tenha usurpado uma característica que seria monopólio da poesia, mas apenas que a segunda se distingue, tanto quanto a primeira, por seus aspectos formais. Em suma, a ênfase na forma (ritmo, cadência, repetição sonora, jogos sintáticos) é o que distingue o texto literário (poesia, ficção, ensaio) do texto comum, da prosa descritiva, informativa, utilitária.

A diferença entre os dois gêneros, poesia e ficção, em termos de poeticidade, se assim podemos dizer, é mais uma diferença de densidade e volume do que de natureza. Num, o poético é concentrado, nativo, onipresente; noutro, o poético é rarefeito, adventício, infrequente. Num, o poético é a substância; noutro, o complemento. Num, o poético é abrangente; noutro, é seletivo. E uma poesia pode ser muito pouco poética, enquanto um texto em prosa pode ser intensamente poético.

Virginia não escreveu poesia, no seu sentido estrito. Mas sua ficção, ao menos desde *Mrs Dalloway*, está plena de poesia, de poeticidade. E alcança o auge em *As ondas*, não apenas nos noves prelúdios, repletos de pura poesia, que antecedem seus nove capítulos, mas ao longo de todo o livro. E a relação entre os dois gêneros, poesia e ficção, é um tema que preocupou a crítica literária que Virginia foi ao longo de toda sua vida adulta.

A presente antologia reúne alguns dos ensaios em que Virginia abordou o tema da poesia e, sobretudo, da relação entre a ficção poética e a poesia propriamente dita. No ensaio que abre o livro, "'Uma prosa apaixonada'", ela destaca algumas passagens da obra em prosa do ensaísta britânico Thomas De Quincey como exemplos de uma "prosa poética". Impossível não desconfiar que Virginia está, com isso, sugerindo indiretamente que apaixonada, ou poética, é também sua própria prosa. E, de fato, muitas das observações que ela faz sobre a obra de De Quincey se aplicam à sua própria escrita, tanto a ensaística quanto a de ficção. Talvez se pudesse dizer sobre ela o que ela disse sobre De Quincey: é por sua poesia que a lemos, e não por sua prosa. Mas não; é pelas duas, que não passam de uma: a sua escrita como um todo.

No segundo texto, uma carta fictícia a um "jovem poeta", Virginia destaca e analisa trechos de poemas de alguns jovens da época: W. H. Auden, Cecil Day Lewis, Stephen Spender e John Lehmann – o John do título, então trabalhando para o casal Woolf em sua pequena editora, a Hogarth Press, e de quem partiu a ideia da carta, prontamente aceita por Virginia. No ensaio, Virginia faz uma dura crítica do tipo de poesia praticada pelos jovens poetas, alguns dos quais (Auden e Spender, sobretudo) se destacaram, depois, como os melhores de sua geração. John Lehmann, em seu livro de memórias, *Thrown to the Woolfs* [*Atirado aos lobos*] (p. 30), assim descreve, retrospectivamente, a recepção do ensaio: "Quando foi publicado, o ensaio 'Carta a um jovem poeta', apesar das muitas passagens de excelente conselho, causou certa dose de desalento, ou até mesmo de indignação, entre os jovens poetas. O ensaio criticava nosso trabalho, embora ela tivesse expressado sua crítica com urbanidade bem-humorada, mas, pensávamos nós, com uma falta um tanto surpreendente de compreensão e justeza".

No terceiro ensaio, "Música de rua", Virginia centra-se na noção de ritmo tal como expressada nas melodias dos músicos de rua de Londres. Embora a própria Virginia não tivesse essa crônica em alta conta, ela é importante por expressar o que ela entendia, nessa fase da vida, por "ritmo", este intrincado e polivalente conceito, ao menos no terreno da escrita literária, seja prosa ou poesia. E se seu entendimento da noção de ritmo, conforme explicitado nesse texto, é precário, podemos perdoar-lhe o pecadilho pelo legado da prosa ritmada que permeia sua ficção e a maioria de seus ensaios.

O ensaio que abre a segunda seção, "Artesania" (*Craftmanship*, no original), escrito para um programa de rádio, ou seja, para um público mais amplo, condensa algumas de suas melhores ideias sobre o poder e a força da linguagem. São sua instabilidade, sua ambiguidade, sua multiplicidade que permitem, para além de sua utilidade prática, instrumental, funcional, as invenções que chamamos de literárias, a prosa e a poesia, indiferentemente. A leveza dessa fala, dessa escrita, é ilusória. Ela é mais profunda do que parece.

Na sequência, "A poesia, a ficção e o futuro" parece sintetizar tudo que Virginia pensava sobre a relação entre a prosa e a poesia. E, embora ela não utilize a expressão "prosa poética" é isso que está no centro desse ensaio que é, ao mesmo tempo, uma síntese da relação histórica entre a poesia e a prosa e um manifesto a favor de uma prosa poética: "o romance ou a variedade de romance que será escrito nos tempos vindouros assumirá alguns dos atributos da poesia" (p. 89).

Por fim, o último texto dessa parte é a seção final de um dos mais longos ensaios de Virginia, "As fases da ficção". Após percorrer, com algum detalhe, a história da literatura inglesa de ficção, sem deixar de considerar algumas poucas obras de ficção escritas em outras línguas, dividida em estágios, com títulos de sua autoria, ela termina o ensaio com a seção "Os poetas", ou seja, os autores de ficção que ela caracteriza como poetas: Laurence Sterne, Tolstói (pela poesia de situação, em contraste com a poesia de linguagem), Emily Brontë, Marcel Proust, entre outros.

A terceira parte reproduz textos já publicados em tradução pela Autêntica Editora. Impossível não pensar, quando se fala na prosa poética de Virginia, nos prelúdios de *As ondas* e em "O tempo passa", a seção central de *Ao farol*. A versão desse último texto aqui reproduzida é a do livro *O tempo passa* (Autêntica, 2ª edição, 2016).

A coletânea termina com os ensaios de Roxanne Covelo e Emily Kopley. O texto de Roxanne se centra na relação entre a prosa poética de Virginia Woolf e a escrita de Thomas De Quincey. O ensaio de Emily, um excerto resumido do livro de sua autoria, *Virginia Woolf and Poetry* (Oxford University Press, 2021), discute, em profundidade, a questão da prosa poética, a que Virginia celebrou e a que ela própria produziu.

Podemos dizer, sobre a prosa inspirada de Virginia, o que Rhoda diz sobre o concerto musical que ela assiste em *As ondas*: "A doçura deste conteúdo transbordando desce pelas paredes de minha mente, e liberta a compreensão. [...] O oblongo fora posto sobre o quadrado; a espiral está no topo".

Ao gozo, pois, e ao prazer da prosa – da prosa apaixonada de Virginia.

I
A poesia da prosa

"Uma prosa apaixonada"

Quando era ainda um garoto, sua própria discriminação levou De Quincey a duvidar se sua "vocação natural se voltava para a poesia".[1] Escreveu poesia, eloquente e profusamente, e sua poesia era enaltecida; apesar disso ele decidiu que não era poeta, e os dezesseis volumes de suas obras reunidas estão escritos inteiramente em prosa. À maneira de seu tempo, escreveu sobre muitos temas – economia política, filosofia, história; escreveu ensaios e biografias e confissões e memórias. Mas quando nos pomos diante da longa fileira de seus livros e fazemos, como estamos determinados a fazer após todos esses anos, nossa própria seleção, a magnitude e a extensão desses dezesseis volumes parecem se reduzir a uma superfície plana e escura da qual se destacam umas poucas e esplêndidas estrelas. Ele vive em nossa memória porque podia cunhar frases como "trepidações de inumeráveis fugitivos",[2] porque podia compor cenas como a do coche laureado chegando ao mercado noturno,[3] porque podia contar histórias como a do lenhador fantasma ouvido por seu irmão na ilha deserta.[4] E se examinamos nossa escolha e lhe damos uma justificativa, somos obrigados a confessar que, embora seja um escritor de prosa, é por sua poesia que o lemos, e não por sua prosa.

O que poderia ser mais nocivo, para ele como escritor, para nós como leitores, que essa confissão? Pois se os críticos concordam em algum ponto é neste, de que nada é mais repreensível do que um escritor de prosa que escreve como um poeta. Poesia é poesia e prosa é prosa – quantas vezes não ouvimos isso! A poesia tem uma missão, e a prosa, outra. "A prosa", escreveu outro dia o sr. Binyon, "é um meio primariamente dirigido à inteligência, a poesia, ao sentimento e à imaginação." E, ainda, "a prosa poética não passa de uma forma bastarda da beleza, facilmente dando a impressão de exageradamente vestida".[5] É impossível não admitir, em parte ao menos, a verdade dessas observações. A memória fornece casos mais que suficientes de desconforto, de angústia, quando, de repente, no meio da prosa sóbria, a temperatura sobe, o ritmo muda, subimos com um solavanco, descemos com uma pancada, e despertamos, excitados e enraivecidos. Mas a memória também fornece uma série de passagens – em Browne, em Landor, em Carlyle, em Ruskin, em Emily Brontë – em que não há essa sacudida, essa sensação (pois isso está, talvez, na raiz de nosso desconforto) de algo desunido, inacabado, incongruente, e que expõe o resto ao ridículo. O escritor de prosa subjugou seu exército de fatos; submeteu-os todos às mesmas leis da perspectiva. Elas agem sobre a nossa mente da mesma forma que a poesia age sobre os fatos. Não somos despertados; chegamos ao ponto seguinte – e ele pode muito bem ser bastante corriqueiro – sem nenhuma sensação de esforço.

    Mas infelizmente para os que desejam ver muito mais coisas ditas em prosa do que as que agora são consideradas apropriadas, nós vivemos sob o império dos romancistas. Quando falamos de prosa queremos dizer, na verdade, prosa de ficção. E é o romancista, entre todos os escritores, quem está mais às voltas com os fatos. Smith levanta-se, barbeia-se, toma o café da manhã, quebra seu ovo, lê *The Times*. Como podemos pedir ao ofegante, ao perspirante, ao industrioso escriba, com tudo isso nas mãos, que passe magnificamente para rapsódias sobre o Tempo e a Morte e sobre o que os caçadores estão fazendo nos antípodas? Isso transtornaria as proporções todas de seu dia. Poria seriamente em dúvida sua veracidade. Além disso, os maiores de sua classe parecem deliberadamente preferir um método que é a antítese da poesia da prosa. Um dar de ombros, uma virada da cabeça, umas poucas palavras faladas às pressas num momento de crise – isso é tudo. Mas a sequência foi assentada tão profundamente, página após página e capítulo após capítulo, que uma única palavra, quando falada, é suficiente para provocar uma explosão. Vivemos e pensamos tanto com esses homens e mulheres que eles precisam apenas levantar um dedo e ele parece alcançar os céus. Detalhar esse gesto significaria arruiná-lo. A tendência toda da ficção é, portanto, contra a poesia da prosa. Os romancistas menores não irão correr riscos que os maiores deliberadamente evitam. Eles acreditam ser suficiente que o ovo seja real e a chaleira ferva; as estrelas e os rouxinóis irão, de alguma forma, ser acrescentados pela imaginação do leitor. E, portanto, todo aquele lado da mente que se evidencia na solitude eles ignoram. Ignoram seus pensamentos, suas rapsódias, seus sonhos, com a consequência de que os personagens da ficção que explodem de energia num lado são atrofiados no outro;

enquanto a própria prosa, por tanto tempo a serviço desse drástico patrão, tem sofrido a mesma deformidade, e estará apta, após outros cem anos sob essa disciplina, a escrever outra coisa que não as imortais obras de Bradshaw e Baedecker.[6]

Mas felizmente há, em todas as épocas, escritores que desconcertam os críticos, que se recusam a seguir a manada. Eles se colocam obstinadamente do outro lado das linhas de fronteira e prestam um serviço mais importante pela expansão e fertilização que provocam e pela influência que exercem do que por suas reais realizações que, na verdade, são, em geral, demasiado excêntricas para serem satisfatórias. Browning prestou um serviço desse tipo à poesia. Peacock e Samuel Butler exerceram ambos, sobre os romancistas, uma influência que é totalmente desproporcional a sua própria popularidade. E uma das razões pelas quais De Quincey merece nossa gratidão, um dos principais motivos pelos quais ele mantém nosso interesse, é que ele era uma exceção e um solitário. Ele construiu uma categoria para si mesmo. Ele ampliou as escolhas para outros. Confrontado com o problema habitual sobre o que escrever, uma vez que escrever ele devia, decidiu que, apesar de toda a sua sensibilidade poética, ele não era um poeta. Faltavam-lhe o ardor e a concentração. Tampouco, novamente, era um romancista. Com imensos poderes de linguagem sob seu controle, era incapaz de um interesse ininterrupto e apaixonado pela situação de outras pessoas. Era sua doença, dizia, "meditar demais e observar muito pouco".[7] Seguiria solidariamente uma família pobre que fosse ao mercado numa noite de sábado, mas à distância.[8] Não era íntimo de ninguém. Por outro lado, tinha um dom extraordinário para as línguas mortas e uma paixão por adquirir conhecimento de todos os tipos. Contudo havia nele alguma característica que o impedia de se encerrar sozinho com seus livros como tais dons pareciam indicar. A verdade é que ele sonhava – estava sempre sonhando. Era uma característica dele muito antes de começar a ingerir ópio. Quando era ainda uma criança, ele estava ao lado do corpo da irmã morta quando de repente

> uma abóbada pareceu se abrir no zênite do céu azul e longínquo, uma coluna que corria para cima sem parar. Eu, em espírito, me erguia como que sobre nuvens que também corriam sem parar ao longo da coluna; e as nuvens pareciam ir atrás do trono de Deus; mas isso também corria à nossa frente e voava continuamente para longe.[9]

As visões eram de extrema vivacidade; elas faziam a vida parecer, em comparação, um tanto monótona; elas prolongavam-na, completavam-na. Mas em que forma devia ele expressar isso que era a parte mais real de sua própria existência? Não havia nenhuma já pronta e à mão. Ele inventava, como pretendia, "modos de prosa apaixonada".[10] Com imenso esmero e arte moldou um estilo no qual pudesse expressar essas "cenas visionárias advindas do mundo dos sonhos".[11] Pois essa prosa não tinha precedentes, acreditava ele; e implorava ao leitor que lembrasse "a periculosa dificuldade" de uma tentativa em que "uma única nota falsa, uma única palavra num tom errado, arruína a música inteira".[12]

Além dessa "periculosa dificuldade" havia outra que é amiúde impingida à atenção do leitor. Um escritor de prosa pode sonhar sonhos e ver visões, mas não se pode permitir que esses sonhos e visões se estendam espalhados, sozinhos, solitários, sobre a página. Assim espaçados eles morrem. Pois a prosa não tem nem a intensidade nem a autossuficiência da poesia. Ela se ergue lentamente do chão; ela chega ao auge por uma série de passos graduais; ela deve estar conectada deste e daquele lado. Deve haver algum ambiente no qual seus ardores e êxtases possam flutuar sem incongruência, do qual elas recebam apoio e ímpeto. Eis aí uma dificuldade que De Quincey amiúde enfrentava e amiúde fracassava em resolver. Muitos dos seus defeitos mais irritantes e mutiladores são resultado do dilema no qual seu gênio o mergulhou. Havia algo na história diante dele que inflamava seu interesse e estimulava suas forças. Por exemplo, a freira militar espanhola, enquanto desce, subnutrida e enregelada, dos Andes, vê à sua frente uma fileira de árvores que promete segurança. Como se o próprio De Quincey tivesse alcançado aquele abrigo e pudesse respirar em segurança, ele se esparrama:

> Oh! verdor de folhagem negra de oliveira, de repente oferecida a olhos desmaiados, como que por algum venerável arauto alado abrandando sua cólera – solitária tenda árabe, elevando-se com virtuosos sinais de paz no terrível deserto, deve Kate de fato ainda assim morrer, enquanto te vê, mas sem conseguir chegar a ti? Posto avançado na fronteira dos domínios do homem, elevando-se no interior da vida, mas espreitando a perpétua morte, vais manter a agonia de teu falso convite apenas para traíres?[13]

Ai, como é fácil subir, como é arriscado cair! Ele tem Kate em suas mãos; ele está a meio caminho da história dela; ele deve se recobrar, ele deve se controlar, ele deve descer dessas venturosas alturas e chegar aos níveis da existência ordinária. E, uma vez e outras mais, é ao retornar à terra que De Quincey se perde. Como irá ele fazer a terrível transição? Como irá ele se transformar de um anjo com asas em chama e olhos de fogo num cavalheiro de preto que fala com sensatez? Às vezes ele faz uma piada – geralmente ela é dolorosa. Às vezes ele conta uma história – ela é sempre irrelevante. No mais das vezes ele se estende num esbanjamento de verbosidade, em que qualquer interesse que possa ter havido se desvanece tristemente e se perde na areia. Não conseguimos mais ler.

É tentador dizer que De Quincey fracassou porque ele não era um romancista. Ele devia ter deixado Kate sozinha; ele não tinha o entendimento do personagem e da ação que tem um romancista. Para um crítico essas fórmulas são úteis; infelizmente, elas são, em geral, falsas. Pois, de fato, De Quincey é capaz de retratar o personagem admiravelmente; ele é um mestre da arte da narrativa uma vez que tenha conseguido (e essa condição é indispensável para todos os escritores) ajustar a perspectiva para que ela se acomode à própria visão. Era uma visão, é verdade, que exigia um rearranjo, dos mais curiosos, da paisagem. Nada deve chegar perto demais. Um véu deve ser puxado sobre a imensa desordem das relações humanas. Deve sempre ser possível, sem perturbar o leitor, referir-se a uma moça como "uma mulher jovem e cativante".[14] Uma névoa deve encobrir a face humana. As colinas devem ser mais altas, e as distâncias, mais azuis do que elas são no mundo que conhecemos. Ele também exigia ócio ilimitado e amplo campo de manobra. Ele queria tempo para se estender em solilóquios e divagar; aqui, para escolher alguma insignificância e conferir-lhe todos os poderes da análise e da ornamentação; ali, para pôr de lado essa paciente discriminação e alargar e amplificar até que não sobre nada a não ser as planas areias e o imenso mar. Ele precisava de um tema que lhe permitisse toda a liberdade possível e ainda possuísse calor emocional suficiente para refrear sua verbosidade inata.

Ele o encontrou, naturalmente, em si mesmo. Era um autobiógrafo nato. Se *O comedor de ópio* continua sendo sua obra-prima, um livro mais longo e menos primoroso, *Esboços autobiográficos* chega muito perto dele. Pois aqui é apropriado que ele fique um pouco de lado, revendo, as mãos protegendo os olhos, cenas que quase se dissolveram no passado. Seu inimigo, o fato sólido, tornava-se em suas mãos nebuloso e maleável. Ele não se sentia obrigado a recitar "a velha e conhecida lista de chamada, cronologicamente ordenada, dos fatos inevitáveis da vida de um homem".[15] Seu objetivo era registrar as impressões, exprimir os estados de espírito, sem particularizar as características da pessoa exata que os vivenciou. Uma luz serena e adorável paira sobre o conjunto daquela cena distante de sua infância. A casa, os campos, o jardim, até mesmo a cidade vizinha, Manchester, tudo parece existir, mas muito longe, em alguma ilha separada de nós por um véu de azul. Sobre esse pano de fundo, em que nenhum detalhe é acuradamente descrito, o pequeno grupo de crianças e seus pais, a pequena ilha da casa e do jardim, todas essas coisas estão distintamente visíveis, mas ainda assim como se elas se movimentassem e levassem a vida por detrás de um véu. Sobre os capítulos iniciais paira a solenidade de um esplêndido dia de verão, cuja radiância, há muito submersa, tem algo de horrível em si, e em cuja profunda quietude os sons estranhamente reverberam – os sons de cascos na estrada longínqua,[16] o som de palavras como "palma",[17] o som daquele "solene vento, o mais triste que o ouvido jamais ouviu",[18] que iria para sempre assombrar a mente do menino que agora o ouvia pela primeira vez. Tampouco, desde que se mantenha dentro do círculo do passado, é necessário que ele enfrente a desagradável necessidade de despertar. Por sobre a realidade da infância ainda pairava algo do fascínio da ilusão. Se a paz é rompida é por uma aparição como a do cachorro louco que passa e se detém com algo do terror de um sonho. Se precisa de variedade, ele a encontra ao descrever, com humor excêntrico perfeitamente apropriado ao tema, os arrebatamentos e os tormentos da infância. Ele zomba; ele aumenta; ele faz do muito pequeno algo muito grande; depois ele descreve a guerra com os ajudantes da fábrica, os reinos imaginários dos irmãos, a fanfarronice do irmão, de que ele podia andar no forro do teto como uma mosca, com admirável minúcia. Aqui ele pode se elevar facilmente e naturalmente cair. Aqui, também, tendo em vista suas próprias recordações a serem trabalhadas, ele pode exercitar seus extraordinários poderes de descrição. Ele nunca era preciso; detestava o brilho e a ênfase; sacrificava os pomposos triunfos da arte; mas tinha, ao extremo, o dom da composição. As cenas se reúnem sob suas mãos como agrupamentos de nuvens que delicadamente se juntam e devagarinho se dispersam ou pendem solenemente imóveis. Assim, exibidos à nossa frente, vemos os coches se reunirem, em todo seu esplendor, à frente do edifício do correio; a dama da carruagem a quem as notícias da vitória trazem apenas tristeza; o casal surpreso na estrada, à meia noite, pelo estrondo do coche postal e pela ameaça da morte; Lamb adormecido em sua cadeira; Ann[19] desaparecendo para sempre na noite escura de Londres. Todas essas cenas têm algo do silêncio e do fulgor dos sonhos. Elas sobem à superfície; elas mergulham de novo nas profundezas. Elas têm, de quebra, o estranho poder de se desenvolverem em nossa mente, de modo que é sempre uma surpresa encontrá-las novamente e ver o que, nesse meio tempo, nossa mente fez para alterá-las e expandi-las.

Entrementes, todas essas cenas compõem uma espécie de autobiografia, mas de uma espécie tão incomum que nos vemos forçados a perguntar o que aprendemos, afinal, sobre De Quincey. De fatos, quase nada. Foi-nos dito apenas o que De Quincey queria que soubéssemos; e mesmo isso foi escolhido por causa de alguma característica fortuita – porque isso cabia aqui ou era a cor que combinava ali – nunca por sua veracidade. Mas apesar disso somos gradualmente tomados por uma curiosa sensação de intimidade. Trata-se de uma intimidade com a mente, não com o corpo; contudo não conseguimos deixar de desenhar para nós mesmos, à medida que a torrente da eloquência se derrama, o corpo pequeno e frágil, as mãos tremulantes, os olhos radiantes, as faces de alabastro, o vidro de ópio sobre a mesa. Podemos adivinhar que ninguém tão dotado de uma fala eloquente, tão inclinado a mergulhar no devaneio e na reverência, mantivesse imperturbavelmente o controle entre seus pares. Podemos imaginar sua evasão e falta de pontualidade; as pilhas de papéis velhos que atulhavam seu quarto; a cortesia que desculpava sua inaptidão para se submeter às regras habituais da vida; o desejo irresistível que o intimava a vaguear e a devanear sozinho nas colinas; os períodos de melancolia e irritabilidade com que pagava por aquela rara fineza de ouvido que harmoniosamente afinava cada palavra e fazia cada parágrafo fluir e avançar como as ondas do mar. Tudo isso sabemos ou adivinhamos. Mas é estranho refletir quão pouco acesso, temos, afinal, à sua intimidade. A despeito do fato de que ele fala de confissões e intitula *Suspiria de Profundis* [*Suspiros desde as profundidades*] a obra que considera a mais importante, ele está sempre controlado, reticente e sereno. Sua confissão não é a de que pecou, mas a de que sonhou. Dá-se, pois, que suas passagens mais perfeitas não são líricas, mas descritivas. Não são gritos de agonia que nos introduzem à intimidade e à empatia; são descrições de estados da mente nos quais, com frequência, o tempo é milagrosamente prolongado, e o espaço, miraculosamente expandido. Quando em *Suspiria de Profundis* ele tenta se elevar do chão e produzir em umas poucas páginas, sem prelúdio ou sequência, seus próprios e peculiares efeitos de grandiosidade e distância, sua força não é suficiente para sustentá-lo a distância inteira. Ali se projeta um comentário sobre o regimento do Colégio de Eton[20] ou uma nota para nos lembrar que aquela passagem, no meio de *Levana and Our Ladies of Sorrow* [*Levana e as Nossas Senhoras das Dores*], refere-se aos estados da América do Norte dedicados ao cultivo do tabaco, elementos todos que tornam suas melodiosas frases lamentavelmente desconcertantes.

Mas, se não era um escritor lírico, ele era indubitavelmente um escritor descritivo, um escritor reflexivo que, com apenas a prosa à sua disposição – um instrumento rodeado de restrições, aviltado por mil usos ordinários – introduziu-se em terrenos que são terrivelmente difíceis de atingir. A mesa do café da manhã, parece ele dizer, é apenas uma aparição temporária que podemos imaginar como inexistente ou investir de associações tais que até mesmo seus pés de mogno têm seu encanto. Sentar-se lado a lado com nossos semelhantes, espremidos, é desagradável, é, na verdade, repulsivo. Mas afaste-se um pouco, veja as pessoas agrupadas sob a forma de contornos, e elas imediatamente se tornam memoráveis e plenas de beleza. Não é, pois, o cenário ou o som real em si que importa, mas as reverberações que ele provoca à medida que percorre nossa mente. Amiúde elas são encontradas muito longe, estranhamente transformadas; mas é apenas ao reunir e juntar esses ecos e fragmentos que chegamos à verdadeira natureza de nossa experiência. Assim pensando, ele alterava levemente as relações ordinárias. Ele deslocava os valores das coisas familiares. E isso ele fazia em prosa, o que nos leva, então, a especular se ela é tão limitada como dizem os críticos, e também a perguntar se o escritor de prosa, o romancista, não poderia apreender verdades mais plenas e apuradas do que as que estão agora em seu alvo se ele se aventurasse naquelas obscuras regiões em que De Quincey esteve antes dele.

Notas

Ensaio originalmente publicado no *Times Literary Supplement*, de 16 de setembro de 1926. Nas notas que se seguem, as referências sem autoria explícita remetem a obras de Thomas De Quincey (TDQ).

1. *Autobiographic Sketches, 1790-1833*: "*to doubt whether my natural vocation lay towards poetry*".
2. *Confessions of an English Opium Eater*: "*trepidations of innumerable fugitives*".
3. Alusão a uma passagem de *The English Mail-Coach*, na qual TDQ narra a chegada de um coche postal, do qual ele era um dos passageiros, ao mercado noturno de um vilarejo inglês.
4. Alusão a uma passagem do capítulo 2 de *Autobiographic Sketches* em que TDQ conta a história, ouvida do irmão, de um lenhador das ilhas Galápagos que teria sido assassinado por bandidos e cujo fantasma assombrava as noites com o ruído repetido dos golpes de seu machado derrubando árvores.
5. Citações do livreto de Laurence Binyon (1869-1943), poeta e dramaturgo inglês, *Tradition and Reaction in Modern Poetry* (1926).
6. George Bradshaw (1801-1853) e Karl Baedeker (1801-1859), autores de guias de viagem.
7. Passagem de *Confissões de um comedor de ópio*: "*to meditate too much and to observe too little*".
8. Referência a uma passagem de *Confissões de um comedor de ópio*, na qual TDQ fala de sua solidariedade para com os mais pobres, seguindo-os e ouvindo sua conversa enquanto faziam compras nalgum mercado de Londres. Mas ele, na verdade, contrariamente ao que diz Virginia, acabava por se envolver com essas pessoas: "*Whenever I saw occasion [...] I joined their parties, and gave my opinion upon the matter in discussion, which, if not always judicious, was always received indulgently*". ("Sempre que via uma oportunidade, me juntava a eles, e dava minha opinião sobre o assunto em discussão que, embora nem sempre sensata, era sempre recebida indulgentemente.")
9. Citação de uma passagem de *Autobiographic Sketches* que, no original, começa com "*A vault seemed to open in the zenith of the far blue sky*".
10. É como TDQ classifica, no prefácio a *Autobiographic Sketches*, a prosa de *Confissões de um comedor de ópio* e *Suspiria de Profundis*: "Nesses [livros], como modos de uma prosa apaixonada

que não tem, que eu saiba, nenhum precedente em qualquer literatura, é muito mais difícil falar justamente, quer de uma maneira hostil, quer de uma maneira amigável".

[11] *Autobiographic Sketches*: *"visionary scenes derived from the world of dreams"*.

[12] *Autobiographic Sketches*: *"perilous difficulty"*; *"a single false note, a single word in a wrong key, ruins the whole music"*.

[13] A história da freira militar espanhola está no ensaio "The Spanish Military Nun". Início, em inglês, do trecho citado: *"Oh, verdure of dark olive foliage, offered suddenly to fainting eyes"*.

[14] No original, *"a prepossessing young female"*. Segundo David Bradshaw (Virginia Woolf, *Selected Essays*, Oxford World's Classics), a expressão alude a uma passagem de *Confissões de um comedor de ópio*, em que TDQ fala de uma jovem prostituta da Oxford Street chamada Ann, mas, ao contrário do que sugerem as aspas, ela não aparece como tal na referida obra. Ver nota 19.

[15] No original, *"the old hackneyed roll-call, chronologically arranged, of inevitable facts in a man's life"*. Trecho de uma carta de TDQ, de 21 de setembro de 1850, a James Robert Hogg, diretor do periódico *Instructor* e editor de suas obras.

[16] Alusão ao início de uma longuíssima frase de *Esboços autobiográficos*: *"The listening for hours to the sounds from horses' hoofs upon distant roads [...]"*. ("A escuta por horas e horas dos sons das patas dos cavalos em estradas distantes [...].")

[17] A palavra "palma" (*palm*) é utilizada por TDQ em *Esboços autobiográficos* no contexto da celebração, no domingo que antecede a Páscoa, do Domingo de Palma (*Palm Sunday*), dia dedicado, na Igreja Anglicana, a celebrar a entrada de Jesus como Rei em Jerusalém. Equivale, na Igreja Católica Romana, ao Domingo de Ramos.

[18] Passagem de *Esboços autobiográficos*: *"solemn wind, the saddest that ear ever heard"*.

[19] Jovem prostituta de Londres que De Quincey tomou, em certa época de sua vida, sob sua guarda.

[20] Eton College, tradicional escola britânica de elite, dedicada à educação dos jovens homens das classes abastadas.

Carta a um jovem poeta

Meu caro John,
Você chegou a conhecer, talvez tenha sido antes de sua época, aquele velho cavalheiro – cujo nome me escapa – que costumava animar a conversa, especialmente durante o café da manhã, quando o correio chegava, dizendo que a arte de escrever cartas estava morta? O correio de um pêni,[1] o velho cavalheiro costumava dizer, acabara com a arte de escrever cartas. Ninguém, continuava ele, examinando um envelope com a ajuda de seu monóculo, tem mais tempo sequer para cortar os seus tês. Corremos, prosseguia ele, espalhando geleia de laranja na torrada, em direção ao telefone. Confiamos nossos inacabados pensamentos, expressos em frases nada gramaticais, ao cartão postal. Gray está morto, continuava ele; Horace Pole está morto; Madame de Sévigné – também ela está morta, suponho que ele estava prestes a acrescentar, mas foi interrompido por um acesso de tosse e teve que deixar a sala sem ter tempo de condenar, como era seu desejo, todas as artes ao cemitério. Mas quando o correio chegou esta manhã e abri seu envelope recheado de pequenas folhas azuis inteiramente cobertas de uma letra apertada mas não ilegível – lamento dizer, entretanto, que muitos tês

não estavam cortados e a gramática de uma frase me pareceu duvidosa – repliquei, após todos esses anos, ao velho necrófilo: Besteira. A arte de escrever cartas mal acabou de nascer. Ela é filha do correio barato. E há alguma verdade nessa observação, penso eu. Naturalmente quando o envio de uma carta custava meia coroa ela tinha que dar demonstração de ser um documento de alguma importância; era lida em voz alta; era atada com uma fita de seda verde; após certo número de anos era publicada para o infinito deleite da posteridade. Mas sua carta, ao contrário, terá que ser queimada. Ela não custou muito mais que um pêni. Você pôde, portanto, dar-se ao luxo de se mostrar íntimo, incontido, indiscreto ao extremo. O que me conta sobre o pobre e querido C. e sua aventura no barco do Canal é absolutamente privado; se seus irreverentes gracejos às custas de M. viessem a público certamente arruinariam a amizade de vocês; duvido, além disso, que a posteridade, a menos que ela seja mais perspicaz do que imagino, possa seguir a linha de seu raciocínio desde o teto que pinga ("chape, chape, chape, em cima da saboneteira"), passando pela sra. Gape, a criada, cuja réplica ao verdureiro me faz sentir o mais intenso dos prazeres, e também pela srta. Curtis e sua estranha confidência nos degraus do ônibus; e daí aos gatos siameses ("Enfie o focinho numa meia velha, diz minha tia, se eles uivarem"); e ao valor da crítica para um escritor; e a Done; e a Gerard Hopkins; e às lápides; e ao peixe-dourado; e, numa repentina e alarmante investida, a "Escreva-me e diga-me para onde a poesia está indo ou se ela está morta". Não, sua carta, pois se trata de uma carta de verdade – que não pode nem ser lida em voz alta agora, nem impressa futuramente – terá que ser queimada. A posteridade terá que se arranjar com Walpole e Madame de Sévigné. A época áurea da arte de escrever cartas, que é, naturalmente, a atual, não deixará nenhuma carta à sua passagem. E ao elaborar minha resposta há apenas uma questão que posso responder, ou tentar responder, em público: a da poesia e sua morte.

Mas antes disso devo confessar aqueles defeitos, tanto os naturais quanto os adquiridos, que, como você descobrirá, distorcem e invalidam tudo o que tenho a dizer sobre poesia. A falta de uma sólida formação universitária tem, desde sempre, me impedido de distinguir um iambo de um dátilo, e se isso não bastasse para condenar alguém para sempre, a prática da prosa tem produzido em mim, tal como na maioria dos escritores de prosa, uma inveja tola, uma indignação moralista – uma emoção, de qualquer modo, de que o crítico poderia prescindir. Pois como, perguntamos nós, os desprezados escritores de prosa, quando nos encontramos, pode-se dizer o que se pretende dizer observando as regras da poesia? Imagine lançar mão de "sede" porque se mencionou "rede"; e emparelhar "tristeza" com "realeza". A rima é não apenas infantil, mas desonesta, dizemos nós, os escritores de prosa. E depois ainda dizemos: E observem as regras deles! Como é fácil ser poeta! Quão estreita é a trilha para eles e quão estrita! Isto você deve fazer; isto você não deve. Preferiria ser criança e andar em fila de dois a dois por uma ruela suburbana a escrever poesia – é o que tenho ouvido escritores de prosa dizerem. Deve ser como tomar o véu e ingressar numa ordem religiosa – em obediência aos ritos e aos rigores da métrica. Isso explica por que eles repetem a mesma coisa uma e outra vez. Ao passo que, nós escritores de prosa (estou apenas lhe contando o tipo absurdo de prosa que os escritores de prosa usam quando estão a sós), somos senhores da linguagem, e não seus escravos; ninguém pode nos ensinar; ninguém pode nos coagir; dizemos o que queremos dizer; temos a vida inteira como nossa província. Somos os criadores, somos os exploradores.... Assim seguimos – um tanto absurdamente, devo admitir.

Agora que pus a descoberto essas deficiências, vamos em frente. De certas frases de sua carta deduzo que você pensa que a poesia está num caminho incerto e que sua situação como poeta neste outono específico de 1931 é um tanto mais difícil que a de Shakespeare, de Dryden, de Pope ou a de Tennyson. Na verdade, é a situação mais difícil de que já se teve notícia. Aqui você me dá uma deixa, que estou inclinada a aproveitar, para uma pequena preleção. Nunca se considere singular, nunca considere sua situação como sendo mais difícil que a de outras pessoas. Admito que a época em que vivemos torna isso difícil. Pela primeira vez na história há leitores – um grande grupo de pessoas, ocupadas em negócios, nos esportes, em cuidar de seus avós, em amarrar pacotes atrás de balcões – todas elas agora leem; e querem que se lhes diga o que ler e como ler; e seus mestres – os resenhistas, os conferencistas, os radialistas – devem, com toda benevolência, tornar-lhes a leitura fácil; asseverar-lhes que a literatura é violenta e emocionante, cheia de heróis e vilões; de forças hostis em perpétuo conflito; de campos cobertos de ossos; de vitoriosos solitários cavalgando seus cavalos brancos, envoltos em capotes pretos, para encontrar a morte na curva da estrada. Um tiro de pistola é disparado. "A era do romantismo acabou.

A era do realismo começou" – você conhece esse tipo de coisa. Ora, naturalmente, os próprios escritores sabem muito bem que não há uma palavra de verdade nisso tudo – não há nenhuma batalha e nenhum assassinato e nenhuma derrota e nenhuma vitória. Mas como é da maior importância que os leitores devam ser entretidos, os escritores se submetem. Eles vestem seu figurino. Eles representam seu papel. Um guia; o outro segue. Um é romântico; o outro, realista. Um é avançado; o outro, fora de moda. Não há nenhum mal nisso, desde que você o tome como uma brincadeira, mas uma vez que você acredita nisso, uma vez que você se toma a sério como guia ou como seguidor, como moderno ou como conservador, então você se torna um animalzinho inseguro, que arranha e morde, mas cuja obra não tem o mínimo valor ou importância para ninguém. Em vez disso, pense em você mesmo como algo muito mais humilde e menos espetacular, mas, na minha opinião, bem mais interessante – um poeta no qual vivem todos os poetas do passado, do qual brotarão todos os poetas do futuro. Há em você um tanto de Chaucer e algo de Shakespeare; Dryden, Pope, Tennyson – para mencionar apenas os respeitáveis entre seus ancestrais – se agitam em seu sangue, levando, às vezes, sua caneta para a direita ou para a esquerda. Em suma, você é um personagem imensamente antigo, complexo e contínuo, razão pela qual você deve, por favor, se tratar com respeito e pensar duas vezes antes de se fantasiar de Guy Fawkes[2] e saltar em cima de senhoras idosas e tímidas nas esquinas, ameaçando-as de morte e extorquindo-lhes umas moedinhas.

Entretanto, como você diz que está num impasse ("nunca foi tão difícil escrever poesia como nos dias de hoje") e que na Inglaterra a poesia, pensa você, pode estar nos seus estertores ("são os romancistas que agora estão fazendo todas as coisas interessantes"), permita-me ocupar o tempo antes da coleta do correio imaginando sua situação e arriscando uma ou duas conjecturas que, por se tratar de uma carta, não devem ser tomadas muito a sério nem levadas muito longe. Permita-me que tente me pôr em seu lugar; permita-me que tente imaginar, com sua carta servindo de ajuda, como é ser um jovem poeta no outono de 1931. (E, seguindo meu próprio conselho, irei tratá-lo não como um poeta em particular, mas como vários poetas num só.)

    No fundo de sua mente, pois – não é isso que faz de você um poeta? – o ritmo mantém sua perpétua batida. Às vezes ele parece reduzir-se a nada; deixa você comer, dormir, falar como as outras pessoas. Então de novo ele cresce e sobe e tenta arrastar todos os conteúdos de sua mente para o meio de uma imperiosa dança. Esta noite é uma dessas ocasiões. Embora esteja só e tenha tirado um pé da bota e esteja prestes a desatar a outra, você não pode continuar a se despir, devendo, em vez disso, começar imediatamente a escrever conforme a dança. Você pega caneta e papel; você mal se preocupa em segurar uma ou alisar o outro. E enquanto escreve, enquanto as primeiras estrofes da dança vão sendo fixadas, me afastarei um pouco e olharei pela janela. Uma mulher passa, depois um homem; um carro freia devagarinho até parar e então – mas não é preciso dizer o que vejo da janela, nem, na verdade, há tempo para isso, pois sou repentinamente arrancada de minhas observações por um grito de raiva ou desespero. Sua página virou uma bola amarfanhada; sua caneta está fincada, pela pena, no tapete. Se houvesse um gato a ser degolado ou uma esposa a ser assassinada, agora seria o momento. É, ao menos, o que infiro da ferocidade de sua expressão. Você está irritado, enraivecido, inteiramente fora de si. E se tivesse que adivinhar a razão, é que, diria eu, o ritmo que estava se abrindo e fechando com uma força que enviava choques de sensação de sua cabeça para as pontas dos pés encontrara algum objeto duro e hostil contra o qual se fizera em pedaços. Algo que não pode ser transformado em poesia se infiltrara; algum corpo estranho, cortante, agudo, arenoso, se recusara a entrar na dança. Obviamente, a suspeita recai sobre a sra. Gape; que lhe pedira para fazer um poema sobre ela; depois, sobre a srta. Curtis e suas confidências no ônibus; depois, sobre C., que lhe infectou com o desejo de contar a história dele – e se tratava de uma história muito divertida – em versos. Mas por alguma razão você não pode satisfazer os seus desejos. Chaucer poderia; Shakespeare poderia; Crabbe, Byron, também, e talvez Robert Browning. Mas é outubro de 1931 e já faz um bom tempo que a poesia tem evitado o contato com – como dizê-lo? – a vida, para dizê-lo de forma abreviada e sem dúvida imprecisa. E virá você em meu socorro adivinhando o que quero dizer? Bem, então, ela deixou tudo isso a cargo do romancista. Aqui você vê como seria fácil para mim escrever dois ou três volumes em honra da prosa e em menosprezo do verso; dizer quão larga e ampla é a fazenda de uma, quão exaurido e mirrado o quintal da outra. Mas seria mais simples e talvez mais justo examinar essas teorias abrindo um dos livrinhos de verso moderno que estão em cima de sua mesa. Abro um deles e me vejo instantaneamente refutada. Eis aqui os objetos comuns da prosa cotidiana – a bicicleta e o ônibus. Obviamente o poeta está obrigando sua musa a encarar os fatos. Escute:

> Qual de vocês ao acordar cedo e ver a aurora
> Não acelera o coração, disposto, ciente da maravilha
> À luz, livre, avançando, à frente do movimento,
> Rebentando feito ressaca sobre a varanda, a relva, a via,
> Ou perseguindo fantasmas nas colinas como galgo correndo,
> Depois encostava-se na pedra, detendo-se à barreira dos cílios,
> Impondo à frente uma silhueta, marcas de mau uso,
> Batendo impaciente e inoportuno nos postigos do boudoir
> Onde a velha vida não se levantou ainda, com raios
> Explorando através do assoalho podre uma fábrica desativada –
> A antiga vida nunca irá nascer novamente?

Sim, mas como ele chegará a ela? Continuo a ler e encontro:

> Assobiando enquanto fecha
> A porta atrás de si, indo ao trabalho de metrô
> Ou caminhando até o parque para *soltar os intestinos*,

e continuo lendo e encontro de novo:

> Como um garoto recém-chegado do campo indo à cidade
> Volta para passar o dia em seu vilarejo em *sapatos caros*,

E, de novo, assim por diante, até:

> Buscando um paraíso na terra ele persegue sua sombra,
> Perde o capital e a coragem indo atrás
> Daquilo que iatistas, exploradores, *alpinistas e veados buscam*.[3]

Essas linhas e as passagens que destaquei são suficientes para garantir que estou certa, ao menos em parte, quanto à minha conjectura. O poeta está tentando incluir a sra. Gape. Ele honestamente acha que ela pode ser trazida à poesia e que fará aí uma boa figura. A poesia, pensa ele, pode ser melhorada pelo real, pelo coloquial. Mas, embora eu o respeite por tentar, tenho dúvidas de que ele tenha sido inteiramente bem-sucedido. Sinto um rangido. Sinto um choque. Sinto como se tivesse dado com o dedo do pé na quina do guarda-roupa. Estou, então, vou adiante para perguntar, chocada, pudica e convencionalmente, pelas palavras em si? Penso que não. O choque é literalmente um choque. O poeta, suponho eu, fez o que pôde para incluir uma emoção que não está domesticada e aclimatada à poesia; o esforço fez com que ele perdesse o equilíbrio; ele se recompõe, como, estou certa, descobrirei ao virar a página, por um violento recurso ao poético – ele invoca a lua ou o rouxinol. De qualquer modo, a transição é brusca. O poema está rachado ao meio. Veja, ele se parte em minhas mãos; aqui, de um lado, está a realidade, aqui, do outro, a beleza; e em vez de obter um objeto íntegro, redondo e inteiro, fico com partes quebradas nas mãos, as quais, uma vez que minha razão foi provocada e minha imaginação não teve licença para tomar plena posse de mim, contemplo fria, criticamente e com desgosto.

 Essa é, pelo menos, a análise apressada que faço de minhas próprias sensações como leitora; mas sou novamente interrompida. Vejo que você superou sua dificuldade, qualquer que ela fosse; a caneta está, uma vez mais, em ação, e, tendo rasgado o primeiro poema, você trabalha em outro. Agora, pois, se quiser entender seu estado de espírito, devo inventar outra explicação que esclareça esse retorno da fluência. Você descartou, suponho eu, todo tipo de coisas que poderiam naturalmente chegar à sua caneta se estivesse escrevendo prosa

– a criada, o ônibus, o incidente no barco do Canal. Sua amplitude é restrita – a julgar por sua expressão –, concentrada e intensa. Arrisco o palpite de que você está pensando agora não nas coisas em geral, mas, particularmente, em você. Há uma fixidez, uma melancolia, mas também uma cintilação interior que parece indicar que você está olhando para dentro, e não para fora. Mas para consolidar esses frágeis palpites sobre o significado de uma expressão no rosto permita-me abrir outro dos livros em cima de sua mesa e confrontá-la com o que encontro ali. De novo, abro ao acaso e leio isto:

> Penetrar naquele quarto é meu desejo,
> O sótão superior da mente, que fica
> Logo após a última dobra do corredor.
> Escrever é o que faço. Frases, poemas são chaves.
> Amar é outro jeito (mas não tão seguro).
> Há uma lareira ali, acho, há verdade enfim
> Fundo, num baú de madeira. Às vezes estou perto,
> Mas correntes de vento apagam os fósforos, e me perco.
> Às vezes tenho sorte, encontro uma chave para girar,
> Abro uma polegada ou duas – mas sempre então
> Um sino bate, alguém chama, ou gritos de "fogo"
> Controlam minha mão quando nada é conhecido ou visto,
> E correndo escada abaixo de novo pranteio.[4]

e depois isto:

> Há um quarto escuro,
> O ventre fechado e protegido,
> Em que o negativo vira positivo.
> Outro quarto escuro,
> A tumba cega e aferrolhada
> Onde os positivos se tornam negativos.
>
> Não podemos desfazer aquilo ou fugir disso, nós
> Que temos nascimento e morte enroscados em nossos ossos,

> Nada que possamos fazer
> Suavizará o real pesar,
> De que começamos, e terminamos, com gemidos.[5]

E depois isto:

> Nunca ser, mas sempre à beira do Ser
> Minha cabeça, tal como uma Máscara da morte, é exposta
> ao sol.
> A sombra demora-se ao longo da face,
> Mexo os lábios para experimentar, mexo as mãos para tocar,
> Mas nunca estou mais perto do que tocar,
> Embora o espírito incline-se para fora para ver.
> Observando rosa, ouro, olhos, uma paisagem admirada,
> Meus sentidos registram o ato de desejar
> Desejar ser
> Rosa, ouro, paisagem ou outra coisa –
> Clamando por satisfação no ato de amar.[6]

Uma vez que essas citações são escolhidas ao acaso e ainda assim encontrei três poetas diferentes que escrevem sobre nada que não seja o próprio poeta, sustento que são grandes as chances de que você também esteja envolvido na mesma ocupação. Concluo que o eu não apresenta nenhum empecilho; o eu entra na dança; o eu se presta ao ritmo; é, aparentemente, mais fácil escrever um poema sobre si mesmo que sobre qualquer outro tema. Mas o que se quer dizer com "si mesmo"? Não o eu que Wordsworth, Keats, e Shelley descreveram – não o eu que ama uma mulher, ou que odeia um tirano, ou que se debruça sobre o mistério do mundo. Não, o eu que você está empenhado em descrever é excluído disso tudo. É um eu que se senta sozinho no quarto à noite com as cortinas fechadas. Em outras palavras, o poeta está muito menos interessado naquilo que temos em comum do que naquilo que ele tem em separado. Vem daí, suponho, a extrema dificuldade desses poemas – e sou obrigada a confessar que ficaria totalmente perdida se tivesse que decidir, depois de uma leitura ou mesmo de duas ou três, o que esses poemas querem dizer. O poeta está tentando, honesta e exatamente, descrever um mundo que talvez não tenha existência alguma a não ser para uma pessoa em particular naquele momento particular. E quanto mais genuíno ele for em seu propósito de se restringir ao esboço preciso das rosas e couves de seu universo privado, tanto mais ele desconcertará a nós que concordamos, num displicente espírito de conciliação, em ver rosas e couves tal como elas são vistas mais ou menos pelos vinte e seis passageiros sentados nos bancos laterais de um ônibus aberto.[7] Ele se esforça para descrever; nós nos esforçamos para ver; ele balança sua tocha; nós percebemos um rápido clarão. É emocionante; é estimulante; mas aquilo é uma árvore, perguntamos, ou é talvez uma velha senhora amarrando os sapatos na sarjeta?

Pois bem, se há alguma verdade no que estou dizendo – isto é, se você não pode escrever sobre o real, o coloquial, a sra. Gape ou o barco do Canal ou a srta. Curtis no ônibus, sem forçar a máquina da poesia, se, portanto, você é impelido a contemplar paisagens e emoções no seu interior e deve tornar visível para o mundo em geral o que só você pode ver, então, o seu é, de fato, um caso difícil, e a poesia, embora ainda respire – veja esses livretos – ela o faz em rápidos, excruciantes arquejos. Não obstante, considere os sintomas. Não são os sintomas da morte, longe disso. A morte na literatura, e não preciso lhe dizer a frequência com que a literatura tem morrido neste ou naquele país, chega graciosa, suave, silenciosamente. Os versos caem facilmente nas rotinas costumeiras. Os velhos esquemas são copiados tão naturalmente que estamos quase inclinados a pensar que são originais, exceto por essa exata e mesma naturalidade. Mas aqui ocorre exatamente o oposto: aqui, em minha primeira citação, o poeta avaria sua máquina porque ele a obstrui com o fato em estado bruto. Na segunda, ele é ininteligível por causa de sua desesperada determinação de dizer a verdade sobre si mesmo. Assim, não posso deixar de pensar que, embora possa estar certo ao falar das dificuldades da época, você está errado ao entrar em desespero.

Não há, infelizmente, boas razões de esperança? Digo "infelizmente" porque, então, devo fornecer minhas razões, que estão destinadas a serem tolas e também, certamente, a causarem dor à grande e respeitável sociedade dos necrófilos – o sr. Peabody e os de seu tipo – que de longe preferem a morte à vida e estão ainda agora entoando as sagradas e cômodas palavras: Keats está morto, Shelley está morto, Byron está morto. Mas é tarde: a necrofilia induz ao sono; os idosos cavalheiros caíram no sono em cima de seus clássicos, e se o que estou prestes a dizer adquire um tom esperançoso – e de minha parte não creio que os poetas morrem; Keats, Shelley, Byron estão vivos aqui nesta sala, em você e em você e em você – conforto-me com o pensamento de que minha esperança não perturbará seu ronco. Assim, para continuar, por que não deveria a poesia – agora que ela tão honestamente se libertou de certas falsidades, dos escombros da grande era vitoriana, agora que ela tão sinceramente desceu à mente do poeta e examinou seus esboços – obra de renovação que tem que ser empreendida de tempos em tempos e era certamente necessária, pois a poesia de má qualidade é quase sempre o resultado de o poeta ter esquecido de si próprio – tudo se torna distorcido e impuro se perdemos de vista essa realidade central – agora, digo eu, que a poesia fez tudo isso, por que não deveria ela, uma vez mais, abrir os olhos, olhar pela janela e escrever sobre outras pessoas? Há dois ou três séculos você estava o tempo todo escrevendo sobre outras pessoas. Suas páginas estavam cheias de personagens dos mais opostos e variados tipos – Hamlet, Cleópatra, Falstaff. Não íamos até você apenas pelo drama e pelas sutilezas da natureza humana; íamos até você também, por mais que isso agora possa parecer incrível, pelo riso. Você nos fez rir às gargalhadas. Então, mais tarde, há não mais que cem anos, você satirizou nossos desatinos, castigou nossas hipocrisias e rabiscou as mais brilhantes das sátiras. Você foi Byron, lembre-se; você escreveu *Don Juan*. Você também foi Crabbe; você utilizou os detalhes mais sórdidos da vida dos camponeses como seu tema. Você claramente possui, portanto, o dom de tratar de uma variedade enorme de temas; foi apenas por uma necessidade temporária que você se trancou num quarto, sozinho, sem ajuda.

Mas como você vai sair daí e entrar no mundo de outras pessoas? Esse é o seu problema agora, se posso arriscar um palpite – encontrar a relação certa, agora que você conhece a si próprio, entre o eu que você conhece e o mundo lá fora. É um problema difícil. Nenhum poeta vivo, penso eu, deu-lhe uma boa solução. E há milhares de vozes profetizando o desespero. A ciência, dizem, tornou a poesia impossível; não há nenhuma poesia nos carros a motor nem na transmissão radiofônica sem fio. E não temos nenhuma religião. Tudo é tumultuoso e transicional. Portanto, é o que dizem as pessoas, não pode haver nenhuma relação entre o poeta e a época atual. Mas, com toda certeza, isso é absurdo. Esses acidentes são superficiais; não vão suficientemente a fundo para destruir o mais recôndito e primitivo dos instintos, o instinto do ritmo. Tudo de que você precisa agora é se pôr à janela e deixar seu sentido rítmico se abrir e se fechar, se abrir e se fechar, audaciosa e livremente, até que uma coisa se funda em outra, até que os táxis dancem com os narcisos, até que um todo se forme a partir de todos esses fragmentos isolados. Estou dizendo bobagem, eu sei. O que quero dizer é: reúna toda a sua coragem, use toda a sua vigilância, invoque todos os dons que a Natureza tem sido induzida a conceder. E então deixe que seu sentido de ritmo se enlace e se desenlace por entre os homens e as mulheres, os ônibus, os pardais – seja lá o que for que venha pela rua – até que ele tenha entrelaçado todos eles num todo único e harmonioso. Esta é talvez a sua tarefa – encontrar a relação entre coisas que parecem incompatíveis mas que têm uma afinidade misteriosa, absorver destemidamente cada experiência que atravesse seu caminho e saturá-la completamente de forma que seu poema seja um todo, não um fragmento; repensar a vida humana em termos de poesia e nos dar, assim, de novo, a tragédia e a comédia, não através de personagens desenvolvidos em detalhes, à maneira do romancista, mas condensados e sintetizados, à maneira do poeta – é o que esperamos que você faça agora. Mas como não sei o que quero dizer com ritmo nem o que quero dizer com vida e como provavelmente não posso dizer-lhe que objetos devem ser propriamente combinados num poema – essa é, inteiramente, sua tarefa – nem consigo distinguir um dátilo de um iambo e sou, portanto, incapaz de dizer como você deve modificar e expandir os ritos e as cerimônias de sua antiga e misteriosa arte – passo para um terreno mais seguro e volto-me, outra vez, para esses livretos.

Quando, pois, volto a eles, sinto-me repleta, como tenho admitido, não de presságios de morte, mas de esperanças para o futuro. Mas não queremos estar sempre pensando no futuro, quando, como às vezes acontece, estamos vivendo no presente. Quando leio esses poemas, agora, neste exato momento, descubro-me – ler, você sabe, é um pouco como abrir a porta para um horda de rebeldes que se precipitam aos magotes, atacando-nos por vinte flancos ao mesmo tempo – atingida, provocada, arranhada, desprotegida, girada no ar, de modo que a vida parece passar num relâmpago; depois de novo ofuscada, golpeada na cabeça – sensações, todas elas, agradáveis para um leitor (uma vez que nada é mais deplorável do que abrir uma porta e não obter nenhuma resposta), e todas elas, creio, prova segura de que este poeta está vivo, vivinho da silva. E, contudo, junto com esses gritos de deleite, de júbilo, registro também, enquanto leio, a repetição de uma palavra entoada, uma e outra vez, num tom de baixo, por algum descontente. Por fim, então, calando os outros, digo a esse descontente: "Bem, o que é que *você* quer?". Ao que ele desabafa, para meu desconsolo:

"A beleza". Não assumo, permita-me repetir, nenhuma responsabilidade pelo que os meus sentidos dizem quando leio; simplesmente registro o fato de que há um descontente em mim que se queixa de parecer-lhe estranho, considerando que o inglês é uma língua variada, uma língua rica; uma língua inigualável por seu som e sua cor, por seu poder imagético e sugestivo – de parecer-lhe estranho que esses poetas modernos tivessem que escrever como se não tivessem ouvidos nem olhos, nem tampouco sola nos pés nem palma nas mãos, mas apenas um cérebro franco e empreendedor, alimentado por livros, um corpo unissexual e – mas aqui eu o interrompi. Pois quando se trata de dizer que um poeta deveria ser bissexual, e penso que é isso que ele estava prestes a dizer, até mesmo eu, que não tenho nenhuma formação científica de qualquer espécie, estabeleço um limite e digo àquela voz que se cale.

Mas até que ponto, se deixamos de lado esses absurdos óbvios, você pensa que há verdade nessa queixa? De minha parte, agora que deixei a leitura de lado e posso ver os poemas mais ou menos como um todo, penso ser verdade que o olho e o ouvido foram destituídos de seus direitos. Não há nenhuma sensação de riquezas mantidas em reserva por detrás das linhas que citei, como há, por exemplo, por detrás da admirável exatidão do sr. Yeats. O poeta se agarra à sua palavra, à sua única palavra, como um náufrago a um mastro. E, se é assim, estou ainda mais pronta a arriscar uma razão para isso porque penso que confirma o que eu dizia há pouco. A arte de escrever, e é isso talvez o que o meu descontente quer dizer com "beleza", a arte de ter sempre a seu serviço cada uma das palavras da língua, de saber seu peso, cor, som, associações e, assim, fazê-las sugerir, como é tão necessário em inglês, mais do que elas podem dizer, pode, naturalmente, ser aprendida, até certo ponto, pela leitura – é impossível ler demais; porém, mais drástica e efetivamente, por imaginar que a gente não é a gente mas alguém diferente. Como pode aprender a escrever se você escreve apenas sobre uma única pessoa? Consideremos o exemplo óbvio. Pode você duvidar que a razão pela qual Shakespeare conhecia cada som e cada sílaba da língua, e podia fazer precisamente o que ele queria com a gramática e a sintaxe, era porque Hamlet, Falstaff e Cleópatra levaram-no a adquirir esse conhecimento; que os lordes, os oficiais militares, os vassalos, os assassinos e os soldados rasos das peças incitaram-no a dizer exatamente o que eles sentiam nas palavras que expressavam seus sentimentos? Foram eles que o ensinaram a escrever, não quem inspirou os *Sonetos*. Assim, se quiser satisfazer todos os sentidos que se erguem num enxame sempre que deixamos cair um poema no meio deles – a razão, a imaginação, os olhos, os ouvidos, as palmas das mãos e as solas dos pés, para não mencionar um milhão mais que os psicólogos ainda precisam nomear, você fará o certo ao se envolver num longo poema em que pessoas tão diferentes de você quanto possível falarão o mais alto que puderem. E, pelos céus, não publique nada antes dos trinta anos.

Isso, tenho certeza, é da maior importância. A maioria dos defeitos dos poemas que tenho lido pode ser explicada, penso eu, pelo fato de terem sido expostos à feroz luz da publicação quando ainda estavam muito frescos para suportar a tensão. Isso fez com que murchassem, reduzindo-os a uma austeridade esquelética, tanto emocional quanto verbal, que não deveria ser característica da juventude. O poeta escreve muito bem; ele escreve para os olhos de um público severo e inteligente; mas quão melhor seria o que escreveu se por dez anos ele não tivesse escrito para outros olhos que não os seus! Afinal, os anos dos vinte aos trinta são anos (permita-me referir-me outra vez à sua carta) de agitação emocional. A chuva caindo, uma asa zunindo, alguém passando – os sons e as cenas mais comuns têm o poder de nos derrubar, se bem me lembro, das alturas do êxtase às profundezas do desespero. E se a vida real é assim extremada, a vida visionária deve ter a liberdade de fazer o mesmo. Escreva, pois, agora que é jovem, disparates aos montes. Seja tolo, seja sentimental, imite Shelley, imite Samuel Smiles; dê rédea solta a todos os impulsos; cometa todo erro de estilo, gramática, gosto e sintaxe; desabafe; estatele-se; solte a raiva, o amor, a sátira, em quaisquer palavras que você puder apreender, coagir ou criar, em qualquer metro, poesia, prosa ou algaravia que esteja à mão. Assim você aprenderá a escrever. Mas, se for publicar, sua liberdade será posta em xeque; você pensará no que as pessoas dirão; escreverá para os outros quando deveria estar escrevendo apenas para si mesmo. E que sentido pode haver em reprimir a violenta torrente de bobagens espontâneas que é agora, apenas por uns poucos anos, seu divino dom, para publicar livretos afetados contendo versos experimentais? Para ganhar dinheiro? Isso, sabemos ambos, está fora de cogitação. Para ser objeto de resenhas críticas? Mas seus amigos salpicarão seus manuscritos com críticas muito mais sérias e minuciosas que qualquer outra que você possa obter dos resenhistas. Quanto à fama, repare, imploro-lhe, as pessoas famosas; veja como as águas do embotamento se estendem ao seu redor quando entram em cena; observe sua pomposidade, seus ares proféticos; lembre-se de que os maiores poetas eram anônimos; tenha em conta que Shakespeare não dava a mínima importância à fama; como Donne jogava seus poemas na cesta do lixo; escreva um ensaio dando um só caso de um escritor inglês moderno que tenha sobrevivido aos discípulos e aos admiradores, aos caçadores de autógrafos e aos entrevistadores, aos almoços e aos jantares, às celebrações e às comemorações com as quais a sociedade inglesa tão eficazmente cala a boca de seus cantores e silencia suas canções.

Mas basta. Eu, de todo modo, recuso-me a ser necrófila. Uma vez que você e você e você, veneráveis e ancestrais representativos de Safo, de Shakespeare e de Shelley, têm precisamente vinte e três anos de idade e propõem – oh invejável sorte – passar os próximos cinquenta anos de sua vida escrevendo poesia, recuso-me a pensar que a arte esteja morta. E se alguma vez for tomado pela tentação da necrofilia, lembre-se do destino daquele velho cavalheiro cujo nome esqueço, mas penso que era Peabody. No próprio ato de confiar todas as artes ao túmulo, ele se engasgou com um pedaço grande de torrada quente com manteiga, e o consolo que lhe foi então ofertado, de que estava prestes a se juntar ao venerável Plínio, o Velho, nas trevas, não lhe deu, segundo me dizem, nenhum tipo de satisfação.

E agora, quanto às passagens íntimas, indiscretas e, na verdade, as únicas interessantes desta carta...

Notas

Ensaio publicado inicialmente em *Yale Review*, em junho de 1932, e, depois, reproduzido, com pequenas modificações, no mês seguinte, num livreto publicado pela Hogarth Press (veja adiante). A tradução segue o texto da Hogarth, conforme reproduzido no v. 5 de *Essays of Virginia Woolf, 1929-1932*, p. 306-323, organizado por Stuart N. Clarke.

A ideia de escrever uma "carta" a um jovem poeta surgiu de uma troca de ideias entre Virginia e John Lehmann logo após a publicação de *As ondas*. Na época, John Lehmann trabalhava na editora Hogarth Press, de propriedade do casal Woolf, Leonard e Virginia.

Em 1931, a Hogarth iniciara a publicação de uma série de livretos intitulada "Hogarth Letters" constituída de cartas fictícias assinadas por escritores e escritoras ligados, de alguma forma, à editora e ao casal Woolf. A primeira delas era assinada por E. M. Forster; a última, de autoria de Peter Quennell, era a resposta de um dos jovens poetas da época à carta da própria Virginia, publicada, em julho de 1932, no livreto n. 8 da mesma série.

Em resposta a uma carta de Lehmann, em setembro de 1931, em que elogiava o livro, que ele lera um pouco antes de vir a público, Virginia, então passando uma temporada em sua casa de campo, em Rodmell, respondeu: "Sou extremamente grata por sua carta. Fez-me feliz durante todo o dia de ontem. Eu estava firmemente convencida de que *As ondas* fora um fracasso, no sentido de que não transmitiria nada a ninguém".

Na mesma e entusiástica carta sobre *As ondas*, John Lehmann sugerira a Virginia que escrevesse uma "carta" a um jovem poeta, no estilo dos livretos da série "Hogarth Letters". Em resposta, Virginia escreveu: "Sua ideia de uma carta é brilhantíssima. A um jovem poeta? Porque estou fervilhando de ideias imaturas e tolas e loucas e perturbadoras sobre prosa e poesia. Empreste-me, pois, seu nome, e permita-me esboçar um personagem baseado em você a título de frontispício e então eu farei jorrar tudo o que penso sobre vocês, jovens, e nós, velhos, e romances [...] e poesia".

Muito mais tarde, em 1978, Lehmann relembrará essa história toda no livro de memórias dedicado à sua relação com o casal Woolf na Hogarth Press e, em especial, às suas rusgas com Leonard, em *Thrown to the Woolfs* (Weidenfeld & Nicolson).

[1] Refere-se à reforma postal de 10 de janeiro de 1840, que instituiu a possibilidade do envio de cartas com pouco peso ao custo de um pêni. Até então o preço da postagem era alto demais e, supostamente, só se escreviam cartas longas e muito bem pensadas, para fazer valer o custo do envio.

[2] Guy Fawkes (170-1606) fazia parte de um grupo que planejava assassinar o rei James I para reinstaurar um monarca católico no trono da Inglaterra. Encontrado, em 5 de novembro de 1605, na guarda dos explosivos que seriam usados no atentado, foi preso e condenado à morte. Desde então, o fracasso do golpe que ficou conhecido como a "Conspiração da Pólvora" é comemorado por um desfile, no dia 5 de novembro, com os participantes vestindo-se à esfarrapada maneira de Fawkes e portando máscaras imitando-lhe o rosto, com as quais se faz depois uma fogueira.

[3] Poema de W. H. Auden (1907-1973), publicado no livro *Poems* (Faber & Faber, Londres, 1930). Auden não permitiu que esse poema fosse incluído em edições posteriores de sua poesia. Ele aparece, entretanto, numa edição americana do período inglês de sua obra, *The English Auden Poems, Essays, and Dramatic Writings, 1927-1939* (org. Edward Mendelson, Random House, Nova York, 1977, p. 41-42). Virginia transcreveu, selecionadamente, apenas 16 dos 76 versos que compõem o poema. Observe-se ainda que Virginia transcreveu, erradamente, a passagem *"Then stilled against stone"* como *"The stilled stone"*.

[4] Poema de John Lehmann (1907-1987), inicialmente publicado em *New Signatures: Poems by Several Hands*, v. 24 da série Hogarth Living Poets (org. Michael Roberts, Hogarth Press, 1932). Foi publicado também no livro de John Lehmann *The Noise of History* (Hogarth Press, 1934) e depois reproduzido em W. G. Bebbington, *Introducing Modern Poetry. An Anthology* (Faber & Faber, 1944).

[5] Poema de Cecil Day Lewis (1904-1972), publicado originalmente em Cecil Day Lewis, *From Feathers to Iron*, n. 22

da série Hogarth Living Poets (Hogarth Press, 1931), e republicado em Cecil Day Lewis, *Poems: 1925-1972* (Londres, J. Cape, 1977, p. 41). A versão transcrita por Virginia é ligeiramente diferente.

6 Poema de Stephen Spender (1909-1995), inicialmente publicado em *Twenty Poems* (Basil Blackwell, 1930) e posteriormente em *Collected Poems, 1928-1985* (Random House, 1986, p. 21). Há pequenas diferenças entre o poema tal como aparece na transcrição de Virginia e o do texto da Random House. A tradução seguiu a primeira.

7 Refere-se a ônibus de dois andares, com o andar de cima aberto e provido de assentos longitudinais em vez dos costumeiros assentos transversais.

Música de rua

Os músicos de rua são tidos como uma praga pelos francos moradores da maioria das praças de Londres, que, inclusive, se deram ao trabalho de inscrever esse seco fragmento de crítica musical numa placa que exibe outras regras em prol da paz e da respeitabilidade da praça. Nenhum artista, entretanto, dá a menor atenção à crítica, e o artista de rua despreza, devidamente, o julgamento do público britânico. É notável que a despeito dessa desaprovação – ocasionalmente levada a ato, como tenho observado, por um policial britânico – o músico ambulante esteja, na verdade, em alta. A banda alemã dá, tão regularmente quanto a orquestra do Salão da Rainha, um concerto semanal; os tocadores de realejo italianos são igualmente fiéis ao seu público e se apresentam, sempre e pontualmente, no mesmo palco, e, além desses reconhecidos mestres, cada rua tem a visita ocasional de alguma estrela errante. O robusto teutônico e o moreno italiano certamente vivem de algo mais substancial do que a satisfação artística de suas almas; e é provável, portanto, que as moedas, estando abaixo da dignidade do verdadeiro amante da música jogá-las da janela da sala, sejam ofertadas nos degraus da escada que leva ao porão. Há um público, em suma, que está disposto a pagar até mesmo por uma melodia pouco refinada como essa.

A música, para fazer sucesso numa rua, deve ser, mais que bela, barulhenta, e por essa razão os instrumentos de metal são os preferidos, e pode-se concluir que o músico de rua que usa a própria voz ou um violino tem uma razão genuína para essa escolha. Vi violinistas que estavam obviamente usando o instrumento para expressar algo em seu coração enquanto se remexiam junto ao meio-fio da Fleet Street; e uns níqueis, embora as roupas esfarrapadas os tornem bem-vindos, eram, tal como é para todos os que amam seu trabalho, um pagamento totalmente inadequado. De fato, uma vez segui um homem idoso de aparência pouco respeitável que, de olhos fechados, para poder melhor perceber as melodias de sua alma, literalmente entrou, de Kensington a Knightsbridge, num transe de êxtase musical, de tal modo que a intromissão de uma moeda provocaria um desagradável despertar. É de fato impossível não respeitar alguém que tem um deus como esse dentro de si; pois a música que se apodera da alma de modo que a nudez e a fome são esquecidas deve ser divina por natureza. É verdade que as melodias que saíam de seu laborioso violino eram, em si, risíveis, mas ele, certamente, não. Seja qual for o êxito, devemos sempre tratar com delicadeza os esforços dos que honestamente se empenham em expressar a música que está neles; pois o dom da concepção é certamente superior ao dom da expressão, e não é descabido supor que os homens e as mulheres que se esforçam pelas harmonias que nunca chegam, enquanto o trânsito passa ribombando ao lado, possuem um bem tão grande, embora destinados a nunca transmiti-lo, quanto os mestres cuja eloquência fácil atrai milhares para ouvi-los.

 Há, talvez, mais de uma razão para os moradores das praças verem o músico de rua como um incômodo; sua música perturba o dono da casa em sua legítima fruição, e a natureza ambulante e pouco ortodoxa de tal ofício irrita uma mente bem-ordenada. Artistas de todos os tipos têm, invariavelmente, sido vistos com desdém, especialmente pelos ingleses, não apenas por causa das excentricidades do temperamento artístico, mas também porque temos sido treinados para uma civilização tão perfeita que qualquer tipo de expressão tem em si algo quase indecente – por certo nada reticente. Poucos pais e mães, constatamos, desejam que seus filhos homens se tornem pintores ou poetas ou músicos, não apenas por razões materiais, mas porque, em seu coração, consideram que é impróprio de um homem dar expressão aos pensamentos e às emoções que as artes expressam e que o bom cidadão deveria ter como tarefa reprimir. A arte certamente não é, dessa forma, encorajada; e é provavelmente mais fácil para um artista que para um praticante de qualquer outra profissão vir até a calçada. O artista é visto não só com desprezo como também com uma suspeita que tem muito de medo. Ele é possuído por um espírito que a pessoa comum não consegue entender, mas que é claramente muito forte, e exerce sobre ele um fascínio tão grande que quando ouve sua voz ele deve sempre pôr-se de pé e ir atrás.

 Hoje em dia não somos crédulos, e embora não nos sintamos à vontade na presença de artistas, fazemos o possível para domesticá-los. Nunca se prestou tanta homenagem ao artista bem-sucedido como a que se presta hoje; e talvez possamos ver nisso um sinal daquilo que muitas pessoas vaticinaram, e que os deuses que foram para o exílio[1] quando os primeiros altares cristãos se ergueram regressarão para usufruir novamente de seus altares. Muitos escritores tentaram rastrear esses antigos pagãos e afirmaram tê-los encontrado sob o disfarce de animais e sob a proteção de florestas e montanhas longínquas; mas não é fantasioso supor que, enquanto todo mundo está à sua procura, eles estejam exercendo seu feitiço entre nós, e que esses estranhos gentios que não estão às ordens de ninguém e que são inspirados por uma voz que a seus ouvidos é diferente da humana não são realmente como as outras pessoas, mas são os próprios deuses ou então seus sacerdotes e profetas sobre a terra. Eu certamente deveria estar inclinada a atribuir, de todo modo, uma tal origem divina aos músicos, e é provavelmente alguma suspeita desse tipo que nos leva a persegui-los como fazemos. Pois se a tarefa de enfileirar palavras que, não obstante, pode transmitir à mente alguma informação útil, ou a de espalhar cores que pode representar algum objeto tangível, são ocupações que podem, na melhor das hipóteses, ser toleradas, como vamos julgar o homem que passa seu tempo fazendo melodias? Não é sua ocupação a menos respeitável – a menos útil e necessária – das três? É certo que ouvir música não vai lhe proporcionar nada que possa ser de utilidade em seu trabalho cotidiano; mas um músico não é meramente um ser útil, para muitos, creio eu, ele é o mais perigoso de toda a tribo dos artistas. Ele é o sacerdote do mais feroz de todos os deuses, que ainda não aprendeu a falar com voz humana nem a transmitir para a mente a similitude das coisas humanas. É porque a música provoca em nós algo que é selvagem e inumano como ela própria – um espírito que de bom grado eliminaríamos e esqueceríamos – que desconfiamos dos músicos e relutamos em nos pôr sob seu poder.

Ser civilizado significa avaliar nossas próprias capacidades e mantê-las num perfeito estado de disciplina; mas um de nossos dons tem, tal como o concebemos, um poder benéfico tão insignificante, um poder maléfico tão ilimitado, que, longe de cultivá-lo, fizemos todo o possível para reprimi-lo e sufocá-lo. Olhamos para aqueles que dedicaram sua vida a serviço deste deus tal como os cristãos olham para os fanáticos adoradores de algum ídolo oriental. Isso provém, talvez, de uma inquietante presciência de que, quando os deuses pagãos voltarem, o deus que nunca veneramos se vingará de nós. Será o deus da música, que insuflará a loucura em nosso cérebro, rachará as paredes de nossos templos e nos levará, em abominação a nossas vidas sem ritmo, a dançar e a rodar para sempre em obediência à sua voz.

O número dos que declaram, como que confessando sua imunidade a alguma debilidade qualquer, que não têm ouvido para a música está crescendo, embora tal confissão deva ser tão séria quanto a confissão de que se é daltônico. A forma pela qual a música é ensinada e apresentada por seus sacerdotes deve, em alguma medida, ser responsável por isso. A música, como sabemos, é perigosa, e os que a ensinam não têm a coragem de reparti-la em toda a sua potência, por medo do que poderia acontecer à criança que tomasse tão inebriante bebida. O todo do ritmo e da harmonia foi prensado feito flores secas, resultando nas escalas impecavelmente divididas, nos tons e semitons do piano. O atributo mais seguro e fácil da música – sua melodia – é ensinado, mas ao ritmo, que é sua alma, é-lhe permitido escapar como a criatura alada que é. Assim educadas as pessoas às quais se lhes ensinou o que é seguro saber da música são as que mais frequentemente se vangloriam de sua falta de ouvido, enquanto as pouco instruídas, para as quais a percepção do ritmo nunca foi divorciada nem considerada secundária relativamente à sua percepção da melodia, são as que nutrem o maior amor pela música e muito frequentemente se as ouve produzindo-a.

É, de fato, possível que a percepção do ritmo seja mais forte nas pessoas cujas mentes não são elaboradamente treinadas para outras ocupações, assim como é verdade que os selvagens que não têm nenhuma das artes da civilização são muito sensíveis ao ritmo antes de serem despertados para a música propriamente dita. A batida do ritmo na mente é afim da batida do pulso no corpo; e, assim, embora muitos sejam surdos à melodia, dificilmente alguém é tão rudemente organizado que não ouça o ritmo do próprio coração nas palavras e na música e no movimento. É por ser assim tão inata em nós que nunca conseguimos silenciar a música, da mesma forma que não conseguimos impedir nosso coração de bater; e é também por essa razão que a música é tão universal e tem o estranho e ilimitado poder de uma força natural.

Apesar de tudo o que temos feito para reprimir a música, ela ainda tem sobre nós, sempre que nos rendemos ao seu balanço, um poder do qual nenhuma pintura, não importa o quão bela, nem palavras, não importa o quão elevadas, conseguem chegar perto.

A visão estranha de um salão cheio de pessoas civilizadas movendo-se num movimento rítmico sob o comando de um conjunto musical é uma visão à qual nos acostumamos, mas é possível que algum dia ela sugira as imensas possibilidades que estão ao alcance do poder do ritmo, e toda a nossa vida sofrerá uma revolução, tal como aconteceu quando o homem pela primeira vez se deu conta da força do vapor. O realejo, por exemplo, em razão de seu ritmo simples e enfático, faz as pernas dos pedestres caminharem todas compassadamente; um conjunto musical no centro da selvagem discórdia dos coches de aluguel e das carruagens seria mais eficiente que qualquer policial; não apenas o cocheiro, mas também o cavalo se veria constrangido a manter o compasso da dança e a acompanhar seja lá qual fosse o andamento do trote ou do meio galope que as trombetas ditassem. Esse princípio tem sido, em certa medida, reconhecido no exército, em que as tropas são estimuladas a entrar em combate marchando ao ritmo da música. E quando a percepção do ritmo estiver inteiramente viva em nossa mente deveremos observar, se não estou equivocada, um grande avanço não apenas no arranjo de todos os afazeres da vida cotidiana, mas também na arte da escrita, que está estreitamente ligada à arte da música e está degenerada sobretudo por ter esquecido essa ligação. Deveríamos inventar – ou, melhor, relembrar – os inumeráveis metros que por tanto tempo temos injuriado e que restituiriam tanto a prosa quanto a arte poética às harmonias que os antigos ouviam e observavam.

Sozinho, o ritmo poderia facilmente levar a excessos; mas, quando o ouvido desfrutasse de seu segredo, o tom e a harmonia a ele se juntariam, e aquelas ações que por meio do ritmo são executadas pontual e compassadamente seriam agora efetuadas com não importa qual melodia que fosse natural a cada uma delas. A conversação, por exemplo, não apenas obedeceria às suas próprias leis da métrica tal como ditadas por nossa percepção do ritmo, mas seria inspirada pela caridade, pelo amor e pela sabedoria, e o mau humor ou o sarcasmo soariam ao ouvido físico como terríveis dissonâncias e notas falsas. Todos sabemos que as vozes dos amigos são discordantes após termos ouvido boa música porque perturbam o eco da harmonia rítmica que por um instante faz da vida um todo unido e musical; e parece provável, levando isso em consideração, que há uma música no ar pela qual estamos sempre apurando os ouvidos e que apenas em parte é tornada audível para nós pelas transcrições que os grandes músicos são capazes de preservar. Nas florestas e nos lugares solitários, um ouvido atento pode detectar algo muito parecido com uma vasta pulsação, e se nossos ouvidos fossem educados poderíamos ouvir também a música que a acompanha. Embora não se trate de uma voz humana, é ainda uma voz que alguma parte de nós pode, se a deixarmos, compreender, e a música, talvez por não ser humana, é a única coisa feita pelos homens que nunca pode ser cruel ou feia.

Se, portanto, em vez de bibliotecas, os filantropos proporcionassem música grátis aos pobres, de modo que em cada esquina as melodias de Beethoven e Brahms e Mozart pudessem ser ouvidas, é provável que logo não se ouviria mais falar de nenhum crime e discórdia, e o trabalho da mão e os pensamentos da mente fluiriam melodiosamente em obediência às leis da música. Seria então um crime considerar os músicos de rua ou qualquer um que interprete a voz do deus como outra coisa que não um homem santo, e nossa vida transcorreria, do nascer ao pôr do sol, ao som da música.

Nota

Publicado em *National Review*, em março de 1905, quando Virginia tinha 23 anos. O ensaio não era, aparentemente, do agrado da própria autora, como podemos deduzir de sua correspondência. Em carta a Violet Dickinson, de fevereiro desse ano, ela dizia: "Envio-lhe este infeliz artigo que arranquei por causa de Leo [Leopold Maxse, editor da *NR*] [...]". E noutra carta, de 23 de fevereiro do mesmo ano, a Emma Vaughan, ela diz, ironicamente: "Meu artigo da National Review é sobre música, de modo que você pode imaginar que uma agitação está percorrendo o mundo musical – provavelmente chegou a Dresden [espécie de centro mundial da música]. Minhas observações revolucionarão todo o futuro da música".

[1] Esta passagem ecoa uma passagem similar de Heinrich Heine (1797-1856), em *Os deuses no exílio*, publicado em 1853 em francês (*Les dieux en exil*) e em alemão (*Die Götter im Exil*). Uma antologia dos escritos em prosa de Heine em inglês (*The Prose Writings of Heinrich Heine*), em tradução de S. L. Fleishman, publicada em 1887, faz parte do acervo da biblioteca de Leonard e Virginia Woolf, conservada na Washington State University (tinyl.io/4X8g) (muitos desses livros pertenciam à biblioteca do pai de Virginia, Leslie Stephen).

II
A poesia e a prosa

Artesania

O título desta série é "As palavras me escapam", e esta conversa específica tem por título "Artesania". Devemos, pois, supor que a palestrante deve discutir a arte das palavras – a artesania do escritor.[1] Mas há algo incongruente, inadequado, no termo "artesania" quando aplicado às palavras. O dicionário, ao qual sempre nos voltamos nos momentos de dilema, confirma nossas dúvidas. Ele diz que a palavra "arte" tem, entre outros, dois significados: significa, de um lado, a produção de objetos úteis a partir de matéria sólida – por exemplo, um vaso, uma cadeira, uma mesa. Por outro, a palavra "arte" significa artimanha, astúcia, ardil. Ora, pouco sabemos que seja certo a respeito de palavras, mas isto nós sabemos – as palavras nunca fazem algo que seja útil; e as palavras são as únicas coisas que dizem a verdade e nada mais que a verdade. Portanto, falar de arte em conexão com as palavras significa juntar duas ideias incongruentes, as quais, caso se acasalem, só podem dar à luz algum monstro pronto para ser exposto num museu. O título da conversa deve, portanto, ser imediatamente mudado e substituído por outro – "Uma volta em torno das palavras", talvez. Pois quando cortamos o cabeçalho de uma conversa ela reage como uma galinha que foi decapitada. Ela corre em círculos até cair morta – é o que dizem as pessoas que alguma vez mataram galinhas. E esse deve ser o curso, ou o círculo, desta conversa decapitada. Tomemos, pois, como ponto de partida a afirmação de que as palavras não são úteis. Felizmente não temos a mínima necessidade de prová-lo, pois estamos todos conscientes disso. Quando estamos no metrô, por exemplo, esperando na plataforma por um trem, lá, penduradas à nossa frente, num letreiro luminoso, estão as palavras "Passando pela Russell Square". Olhamos para elas; repetimo-las; tentamos gravar esse fato útil em nossa mente; o próximo vagão passará pela Russell Square. Dizemos repetidas vezes, enquanto andamos, "Passando pela Russel Square, Passando pela Russel Square". E, então, à medida que as pronunciamos, as palavras se embaralham e mudam, e nos surpreendemos dizendo "Passando, diz o mundo, passando.[2]... As folhas murcham e caem,[3] os vapores choram sua carga no chão. O homem chega...". E então acordamos e nos vemos em King's Cross.

Considerem outro exemplo. Escritas no lado oposto do vagão veem-se as palavras: "Não se debruce na janela". Numa primeira leitura, o significado útil, o significado superficial, é transmitido; mas em seguida, quando nos sentamos e olhamos para as palavras, elas se embaralham, elas mudam; e começamos a dizer: "Janelas, sim, janelas – folhas de janelas se abrindo à espuma de perigosos mares em desolados reinos imaginários".[4] E, antes de nos darmos conta do que estamos fazendo, nos debruçamos na janela; estamos em busca de Rute[5] em lágrimas no meio de trigais estrangeiros. A penalidade correspondente é vinte libras ou um pescoço quebrado. Isso prova, se é que é necessário provar, o quanto é pequeno o dom natural que têm as palavras de serem úteis. Se, contra sua natureza, insistimos em forçá-las a serem úteis, vemos, às nossas custas, como elas nos enganam, como elas nos fazem de tolos, como elas nos abrem um buraco na cabeça. Fomos tantas vezes enganados dessa forma por palavras, tantas vezes elas provaram que odeiam ser úteis, que é de sua natureza expressarem não uma única e simples afirmação, mas mil possibilidades – elas têm feito isso tantas vezes que, por fim, felizmente, começamos a enfrentar o fato. Começamos a inventar outra língua – uma língua adaptada, perfeita e lindamente, a expressar afirmações úteis, uma língua de sinais. Há um grande mestre vivo dessa língua a quem somos todos devedores, aquele escritor anônimo – se homem, se mulher, ou um espírito desencarnado, ninguém sabe – que descreve os hotéis no Guia Michelin. Ele quer nos dizer que um hotel é mediano, um outro é bom, e um terceiro, o melhor do lugar. Como ele faz isso? Não com palavras; as palavras imediatamente evocariam matagais e mesas de bilhar, homens e mulheres, a lua surgindo e o longo borrifo do mar no verão – coisas boas todas elas, mas todas elas aqui irrelevantes. Ele se atém aos signos; um frontão;[6] dois frontões; três frontões. É tudo o que ele diz e é tudo o que ele precisa dizer. O Guia Baedecker[7] leva a linguagem dos signos ainda mais longe, entrando nos sublimes domínios da arte. Quando ele quer dizer que uma pintura é boa, ele utiliza uma estrela; se é muito boa, duas estrelas; quando, em sua opinião, trata-se de uma obra de um gênio superior, três estrelas negras cintilam na página, e isso é tudo. Assim, com um punhado de estrelas e cruzes,[8] toda a arte da crítica, toda a crítica literária poderia ser reduzida ao tamanho de uma moedinha – há momentos em que se poderia desejá-lo. Mas isso sugere que em tempos vindouros os escritores terão duas línguas a seu dispor; uma para o fato, outra para a ficção. Quando o biógrafo tiver que transmitir um fato útil e necessário, como, por exemplo, que Oliver Smith fez faculdade e foi classificado no nível três de distinção no ano de 1892, ele dirá isso com um "O", oco, em cima do algarismo "cinco". Quando o romancista for obrigado a nos informar que John tocou a campainha; após uma pausa a porta foi aberta por uma copeira que disse "A sra. Jones não está em casa", ele, para nosso proveito e para sua comodidade, transmitirá essa incômoda informação não com palavras, mas com sinais – digamos, um "C" maiúsculo em cima do algarismo "três". Podemos, assim, esperar pelo dia em que nossos romances e biografias serão esguios e musculosos; e uma companhia ferroviária que anuncie "Não se debruce na janela" em palavras será punida com uma multa de não mais que cinco libras pelo uso impróprio da língua.

As palavras, portanto, não são úteis. Examinemos agora sua outra qualidade, sua qualidade positiva, ou seja, seu poder para dizer a verdade. De acordo, uma vez mais, com o dicionário, há ao menos três tipos de verdade: a verdade de Deus ou do evangelho; a verdade literária; e a verdade nua e crua (geralmente nada lisonjeira). Mas examinar cada uma delas separadamente levaria muito tempo. Vamos, pois, simplificar e afirmar que, considerando que a única prova da verdade é o tempo de vida, e que as palavras sobrevivem às oscilações e às mudanças do tempo mais do que qualquer outra substância, elas são, portanto, as mais verdadeiras.

As edificações caem; até mesmo a terra perece. O que era ontem um trigal é hoje um bangalô. Mas as palavras, se usadas apropriadamente, parecem capazes de viver para sempre. Qual é, então, podemos perguntar em seguida, o uso apropriado das palavras? Não, assim o dissemos, fazer uma asserção utilitária; pois uma asserção utilitária é uma asserção que pode significar apenas uma única coisa. E é da natureza das palavras significar muitas coisas. Considerem a frase simples "Passando pela Russel Square". Ela provou ser inútil porque além do significado superficial ela continha muitos significados submersos. A palavra "passando" sugeria a transitoriedade das coisas, o passar do tempo e as mudanças da vida humana. Depois, a palavra "Russell" sugeria o ruído das folhas e a saia roçando um assoalho encerado; e também a casa ducal de Bedford e a metade da história da Inglaterra. Finalmente, a palavra "Square"[9] evoca a vista, a forma de uma praça real junto com alguma sugestão visual da rígida angularidade do estuque. Assim, uma única frase, das mais simples, instiga a imaginação, a memória, o olho e o ouvido – todos se combinam inconscientemente ao lê-la. Mas eles se combinam – eles se combinam inconscientemente num todo. No momento em que singularizamos e enfatizamos as sugestões, como fizemos aqui, elas se tornam irreais; e também nós nos tornamos irreais – especialistas, profissionais da palavra, inventores de frases, em vez de leitores. Ao ler devemos permitir que os significados submersos permaneçam submersos, sugeridos, e não declarados; escoando e fluindo um no outro como juncos no leito de um rio. Mas as palavras daquela frase – Passando pela Russel Square – são, obviamente, palavras muito rudimentares. Elas não revelam nenhum traço do estranho, do diabólico poder que as palavras têm quando não são tecladas por um datilógrafo, mas saem frescas de um cérebro humano – quer dizer, o poder de sugerir o escritor; a personalidade, a aparência, a esposa, a família, a casa dele – até o gato no tapete em frente da lareira. Por que as palavras fazem isso, como o fazem, como impedi-las de fazê-lo ninguém sabe. Elas o fazem à revelia da vontade do escritor; o mais das vezes, em oposição a ela. Nenhum escritor deseja, supostamente, impor ao leitor sua deplorável personalidade, seus segredos e vícios pessoais. Mas há algum escritor, que não seja datilógrafo, que teve êxito em ser totalmente impessoal? Sempre, inevitavelmente, nós os conhecemos tão bem quanto seus livros. É tal o poder sugestivo das palavras que elas, com muita frequência, convertem um livro ruim num ser humano adorável, e um bom livro, num homem que mal podemos suportar na sala. Até mesmo as palavras que têm centenas de anos possuem esse poder; quando são novas elas o possuem tão fortemente que nos tornam surdos ao significado dado pelo autor – são elas que vemos, são elas que ouvimos. Essa é uma das razões pelas quais os julgamentos que fazemos de escritores vivos são tão loucamente erráticos. Só depois que o escritor morre é que suas palavras se tornam, em alguma medida, desinfetadas, purificadas das contingências do corpo vivo.

Ora, esse poder de sugestão é uma das propriedades mais misteriosas das palavras. Qualquer um que alguma vez tenha escrito uma frase deve ter tido consciência, total ou parcial, disso. As palavras, as palavras de uma língua, estão cheias de ecos, de lembranças, de associações – naturalmente. Elas têm estado por aí, nos lábios das pessoas, nas suas casas, nas ruas, nos campos, por muitos e muitos séculos. E essa é umas principais dificuldades ao escrevê-las hoje – a de estarem tão carregadas de significados, de lembranças, de terem contraído tantos casamentos famosos. A esplêndida palavra "encarnada", por exemplo – quem pode usá-la sem se lembrar também dos "inumeráveis mares"?[10] Nos velhos tempos, no princípio da língua, os escritores podiam, naturalmente, inventar novas palavras e usá-las. Hoje em dia, é bastante fácil inventar palavras novas – elas saltam aos lábios tão logo vemos uma paisagem nova ou sentimos uma sensação nova – mas não podemos usá-las porque a língua é velha. Não se pode usar uma palavra nova em folha numa língua velha por causa do fato bastante óbvio, mas misterioso de que uma palavra não é uma entidade isolada e separada, e sim parte de outras palavras. Não é, na verdade, uma palavra sem antes fazer parte de uma frase. As palavras pertencem umas às outras, embora, naturalmente, apenas um grande escritor saiba que a palavra "encarnada" tem a ver com "inumeráveis mares". Combinar palavras novas com palavras velhas é fatal para a constituição da frase. Para usar palavras novas de maneira apropriada seria preciso inventar uma língua nova; e esta, embora, sem dúvida, acabemos por chegar lá, não é, no momento, nossa tarefa. Nossa tarefa consiste em ver o que podemos fazer com a língua nacional tal como ela é. Como podemos combinar as palavras velhas em novas ordens de modo que elas sobrevivam, de modo que criem beleza, de modo que digam a verdade? Esta é a questão.

E a pessoa que fosse capaz de responder essa questão mereceria a coroa de glória, qualquer que fosse ela, que o mundo tem a oferecer. Pensem o que significaria podermos ensinar, podermos aprender a arte da escrita. Ora, todo livro, todo jornal diria a verdade, criaria beleza. Mas há, ao que parece, algum obstáculo no caminho, algum impedimento ao ensino das palavras. Pois, embora, neste momento, pelo menos uma centena de professores universitários esteja dando conferências sobre a literatura do passado, pelo menos um milhar de críticos esteja resenhando a literatura do presente, e centenas e mais centenas de moços e moças estejam prestando exames em literatura inglesa com aprovação máxima, ainda assim – será que escrevemos melhor, lemos melhor do que líamos e escrevíamos há quatrocentos anos quando não tínhamos nada disso, nem conferências, nem resenhas, nem ensino universitário? Seria a nossa literatura georgiana um remendo da elisabetana? Em quê, então, vamos pôr a culpa? Não em nossos professores; não em nossos resenhistas; não em nossos escritores; mas nas palavras. São as palavras que devemos culpar. Elas são as mais selvagens, as mais soltas, as mais irresponsáveis, as mais indóceis de todas as coisas. Naturalmente, pode-se capturá-las e selecioná-las e pô-las em ordem alfabética em dicionários. Mas as palavras não vivem nos dicionários; elas vivem na mente. Se quiserem prova disso, considerem a frequência com que, em momentos de emoção, quando mais necessitamos das palavras, não encontramos nenhuma. Contudo, há o dicionário; ali há, ao nosso dispor, algo como meio milhão de palavras em ordem alfabética. Mas será que podemos usá-las? Não, porque as palavras não vivem nos dicionários, elas vivem na mente. Olhem novamente o dicionário. Ali, sem nenhuma dúvida, encontram-se peças mais esplêndidas que *Antônio e Cleópatra*; poemas mais admiráveis que "Ode a um rouxinol"; romances ao lado dos quais *Orgulho e preconceito* ou *David Copperfield* não passam de reles garatujas feitas por amadores. É só uma questão de encontrar as palavras certas e pô-las na ordem certa. Mas não podemos fazê-lo porque elas não vivem nos dicionários; elas vivem na mente. E de que jeito vivem elas na mente? Variada e estranhamente, tal como vivem os seres humanos, indo de um lado para o outro, apaixonando-se e acasalando-se. É verdade que elas estão muito menos limitadas pelas cerimônias e pelas convenções do que nós. Palavras nobres se acasalam com palavras comuns. Palavras inglesas com francesas, alemãs, índias, negras, se lhes dá na telha. De fato, quanto menos investigarmos o passado de nossa querida mãe inglesa melhor será para a reputação dessa senhora. Pois ela saiu por aí, por aí, a formosa dama.[11]

Assim, prescrever alguma lei para essas irrecuperáveis criaturas de vida errante é mais do que inútil. Umas poucas e superficiais regras de gramática e ortografia é toda a restrição que podemos impor-lhes. Tudo o que podemos dizer sobre elas, quando as espiamos da extremidade daquela profunda, tenebrosa e apenas intermitentemente iluminada caverna na qual vivem – a mente – tudo o que podemos dizer a seu respeito é que elas parecem gostar que as pessoas pensem e experimentem antes de usá-las, mas que pensem e experimentem não a elas, mas algo diferente. Elas são altamente sensíveis, tornando-se, com facilidade, autoconscientes. Não gostam de ter sua pureza ou impureza discutida. Caso se funde uma Associação em prol do Inglês Puro, elas mostrarão sua contrariedade pela fundação de outra, em prol do inglês impuro – daí a violência nada natural de grande parte do discurso moderno; trata-se de um protesto contra os puritanos. Elas são, além disso, altamente democráticas; acreditam que uma palavra é tão boa quanto outra; as palavras nada educadas são tão boas quanto as palavras educadas, as palavras cultas, tão boas quanto as incultas, não há nem hierarquia nem títulos em sua associação. Tampouco gostam de ser erguidas na ponta de uma caneta e examinadas separadamente. Elas continuam juntas, em frases, em parágrafos, às vezes por páginas inteiras a fio. Odeiam ser úteis; odeiam ser fonte de dinheiro; odeiam que se ensine sobre elas em público. Em suma, odeiam qualquer coisa que as estampe com um único significado ou as confine a uma única atitude, pois é de sua natureza mudar.

Talvez seja essa sua peculiaridade mais marcante – sua necessidade de mudar. É porque a verdade que elas tentam capturar é multifacetada, e elas a transmitem por serem elas próprias multifacetadas, reluzindo deste jeito, depois de outro. Assim, elas significam uma coisa para uma pessoa e outra para outra pessoa; são ininteligíveis para uma geração e claras como água para a próxima. E é por causa dessa complexidade que elas sobrevivem. Então, talvez, uma das razões pelas quais não temos nenhum grande poeta, romancista ou crítico escrevendo hoje é que nós recusamos às palavras sua liberdade. Nós as fixamos a um único significado, o seu significado útil, o significado que nos faz pegar o trem, o significado que nos faz passar nas provas. E quando as palavras são fixadas elas dobram as asas e morrem. Por fim, e mais enfaticamente, as palavras, tal como nós mesmos, precisam, para viver em paz, de privacidade. Elas, sem dúvida, gostam que pensemos, e gostam que as experimentemos antes de usá-las; mas elas também gostam que façamos uma pausa; que fiquemos inconscientes. Nossa inconsciência é sua privacidade; nossa escuridão é sua luz.... Aquela pausa foi feita, aquele véu de escuridão caiu, para tentar as palavras a se juntarem num daqueles casamentos repentinos que são imagens perfeitas e criam beleza eterna. Mas não – nada desse tipo vai acontecer esta noite. As marotinhas estão irritadas; impertinentes; indóceis; fechadas. O que é que estão resmungando? "O tempo acabou. Silêncio!".

Notas

Ensaio lido por Virginia na rádio BBC de Londres, no dia 29 de abril de 1937, e publicado, em 5 de maio do mesmo ano, na revista *The Listener*. É o único registro de sua voz. É possível ouvir o áudio em: bit.ly/43ePQjm.

[1] No original, *the craft of words – the craftmanship of the writer*. Embora as traduções anteriores deste ensaio tenham optado por não traduzir *"craft"* e *"craftmanship"*, mantendo as palavras do original, tomei a decisão de traduzi-las. A palavra "arte" traduz razoavelmente bem a palavra *"craft"*. Já a tradução de *"craftmanship"* é mais complicada. Tomei aqui de empréstimo uma palavra do espanhol, "artesania", que vem sendo utilizada no Brasil com certa frequência e que corresponde, de alguma forma, a *"craftmanship"*.

[2] *Passing away, saith the World, passing away*, no original: seção 3, do poema "Old and New Year Ditties", de Christina Georgina Rossetti (1830-1894), em *Verses, 1847*.

[3] Versos iniciais do poema "Tithonus", de Alfred, Lord Tennyson (1809-1892): "*The woods decay, the woods decay and fall, / The vapours weep their burthen to the ground*". Virginia trocou *"woods"* por *"leaves"*.

⁴ Alusão a versos do poema "Ode to a Nightingale" ("Ode a um rouxinol"), de John Keats (1795-1821): *"Charm'd magic casements, opening on the foam / Of perilous seas, in faery lands forlorn"*.

⁵ Alusão a um verso do poema "Ode to a Nightingale", de John Keats: *"Through the sad heart of Ruth, when, sick for home"* ("Através do triste coração de Rute, quando, saudosa de casa"), que, por sua vez, alude a Rute, do *Livro de Rute* (Bíblia).

⁶ *one gable*, no original. Símbolo do Guia Michelin da época, com o desenho da fachada de um edifício de formato triangular (frontão: "conjunto arquitetônico de forma triangular que decora e encima a fachada principal de um edifício", dic. Houaiss), pelo qual os hotéis listados eram qualificados, numa escala de um a três frontões.

⁷ Isto é, o guia turístico *Baedeker*, com orientações sobre vários países e cidades do mundo, amplamente utilizado no fim do século dezenove e princípio do século vinte.

⁸ *stars and daggers*, no original. "*Stars*" significa, obviamente, aprovação; e "*daggers*", um símbolo em forma de adaga ou cruz, importado da simbologia da arte tipográfica (onde tem uma variedade de significados), desaprovação.

⁹ Nessa passagem, que inicia com "Considerem a frase simples...", Virginia faz um complexo jogo de palavras, como ela mesma anuncia ("muitos significados submersos"). "Russell" evoca o verbo "*to rustle*", "farfalhar" ("sugeria o ruído das folhas..."). Além disso, o nome próprio "Russell" é uma alusão direta ao nome da família que, desde o século dezesseis, detém o direito ao título de Duque de Bedford. Por fim, um dos significados de "*square*" é justamente "praça".

¹⁰ Alusão a trecho da fala de Macbeth, em *Macbeth*, ato II, cena 2, após ter assassinado Duncan: *"Will all great Neptune's ocean wash this blood / Clean from my hand? No, this my hand will rather / The multitudinous seas incarnadine, / Making the green one red"*. ("O grande e inteiro oceano de Netuno lavará esse sangue / Deixando minha mão limpa? Não, esta mão irá, em vez disso, / Os inumeráveis mares encarnar / Fazendo do verde um imenso rubro.")

¹¹ No original, *"For she has gone a-roving, a-roving fair maid"*. Referência a uma canção tradicional de marinheiros, "*The Maid of Amsterdam*" ou "*A-Roving*".

A poesia, a ficção e o futuro

A imensa maioria dos críticos dá as costas ao presente e fixa o olhar no passado. Sensatamente, sem dúvida, eles não fazem nenhum comentário sobre o que está, de fato, sendo escrito neste momento; deixam essa tarefa a cargo da classe dos resenhistas, cujo nome já parece sugerir a transitoriedade deles próprios e das matérias que eles passam em revista. Mas às vezes nos perguntamos: a obrigação de um crítico deve ser sempre para com o passado, seu olhar deve estar sempre fixado no que ficou para trás? Não poderia ele, às vezes, dar meia-volta e, protegendo os olhos à maneira de Robinson Crusoe na ilha deserta, olhar para o futuro e vislumbrar, em meio à bruma, os débeis contornos da terra que algum dia talvez possamos alcançar? A verdade dessas especulações jamais poderá, é óbvio, ser provada, mas numa época como a nossa há uma grande tentação de entregar-se a elas. Pois se trata, claramente, de uma época em que não estamos firmemente ancorados onde estamos; as coisas estão se movendo à nossa volta; nós mesmos estamos nos movendo. Não seria dever do crítico nos dizer, ou ao menos tentar adivinhar, para onde estamos indo?

Obviamente, a investigação deveria se ater a limites muito estreitos, mas poderia talvez ser possível, num espaço reduzido, considerar um caso de insatisfação e dificuldade e, tendo-o examinado, poderíamos estar mais capacitados a adivinhar em que direção, após tê-lo superado, deveríamos ir.

Ninguém, na verdade, pode ler a maior parte da literatura moderna sem se dar conta de que alguma insatisfação, alguma dificuldade, está impedindo seu caminho. Os escritores estão, em todas as direções, buscando o que eles não podem atingir, estão forçando a forma que usam para que ela contenha um significado que lhe é estranho. Pode-se fornecer muitas razões para isso, mas nos permitam aqui escolher apenas uma, a saber, o fracasso da poesia em nos servir como serviu a tantas gerações de nossos antepassados. A poesia está longe de nos prestar seus serviços tão livremente quanto prestou a eles. O grande canal de expressão que carreou tanta energia, tanta genialidade, parece ter se estreitado ou se desviado.

Obviamente, isso é verdade até certo ponto; nossa época é rica em poesia lírica; talvez nenhuma época tenha sido mais rica. Mas, para a nossa geração e a geração que está chegando, o grito lírico de êxtase ou desespero, que é tão intenso, tão pessoal e tão limitado, não é suficiente. A mente está plena de sensações horrendas, híbridas, incontroláveis. A de que a idade da terra é de 3.000.000.000 anos; de que a vida humana não dura mais que um segundo; de que a capacidade da mente humana é, não obstante, ilimitada; de que a vida é infinitamente bela ainda que repulsiva; de que os nossos semelhantes são adoráveis mas chocantes; de que a ciência e a religião, em conluio, destruíram a credibilidade; de que todos os laços de união parecem rompidos, ainda que algum controle deva existir – é nessa atmosfera de dúvida e conflito que os escritores devem agora criar, e a delicada textura de um poema lírico não é mais apropriada para alojar esse ponto de vista do que uma pétala de rosa para revestir a imensidão escarpada de um rochedo.

Mas quando nos perguntamos o que no passado serviu para dar expressão a uma atitude como essa – uma atitude que está cheia de contraste e colisão; uma atitude que parece exigir o conflito entre um personagem e outro e, ao mesmo tempo, ter necessidade de algum poder global de modelação, de alguma concepção que empreste ao todo harmonia e força – devemos responder que houve outrora uma forma, e não era a forma da poesia lírica; era a forma do drama, do drama poético da era elisabetana. E essa é a forma que hoje parece morta para além de qualquer possibilidade de ressurreição.

Pois se examinarmos a situação da peça poética ficaremos com sérias dúvidas de que alguma força sobre a face da terra possa agora ressuscitá-la. Ela foi, e ainda é, praticada por escritores da maior genialidade e ambição. Desde a morte de Dryden, todo grande poeta fez, ao que parece, sua investida. Wordsworth e Coleridge, Shelley e Keats, Tennyson, Swinburne e Browning (para nomear apenas os mortos) escreveram, todos, peças poéticas, mas nenhum deles foi bem-sucedido. De todas as peças que escreveram, é provável que apenas *Atalanta*, de Swinburne, e *Prometeu*, de Shelley, ainda sejam lidas, e menos frequentemente que outras obras desses escritores. As remanescentes subiram, todas elas, para as prateleiras superiores de nossas estantes, enfiaram a cabeça embaixo das asas e caíram no sono. Ninguém irá, de moto próprio, perturbar esses sonos.

É, contudo, tentador, na hipótese de que isso possa lançar alguma luz sobre o futuro que estamos considerando, ir em busca de alguma explicação para esse fracasso. A razão pela qual os poetas não conseguem mais escrever peças poéticas vá talvez, de algum modo, nessa direção.

Há uma coisa vaga, misteriosa, chamada de atitude diante da vida. Todos nós conhecemos pessoas – se por um momento passamos da literatura para a vida – que estão em conflito com a existência; pessoas infelizes, que nunca obtêm o que querem; que estão desconcertadas, queixosas, que se põem numa perspectiva pessimista de onde veem tudo um tanto enviesado. Há outras, por sua vez, que embora se mostrem perfeitamente felizes, parecem ter perdido toda conexão com a realidade. Elas esbanjam todo seu afeto em cãezinhos e porcelana antiga. Elas não se interessam por nada além das vicissitudes de sua própria saúde e dos altos e baixos do esnobismo social. Há outras, entretanto, que nos surpreendem, por qual razão, precisamente, seria difícil dizer, por estarem, por natureza ou pelas circunstâncias, numa posição em que podem usar plenamente suas faculdades em coisas que são de real importância. Elas não são necessariamente felizes ou bem-sucedidas, mas há uma picância em sua presença, um atrativo em suas ações. Elas parecem inteiramente vivas. Isso pode ser, em parte, efeito das circunstâncias – elas nasceram em ambientes que lhes caem bem – mas é, muito mais, o resultado de algum feliz equilíbrio de seus próprios atributos, de forma que elas veem as coisas não de uma perspectiva estranha, todas elas enviesadas; nem distorcidas por uma névoa;

mas sólidas, em sua exata medida; elas apreendem algo firme; quando entram em ação, elas realmente fazem uma bela figura.

Da mesma forma, um escritor também tem uma atitude diante da vida, embora seja uma vida diferente da outra. Eles também podem se pôr numa perspectiva incômoda; podem estar desconcertados, frustrados, incapazes de conseguir o que querem como escritores. Isso vale, por exemplo, para os romances de George Gissing. Depois, de novo, eles podem se recolher a algum subúrbio e esbanjar seu interesse em cães de estimação e duquesas – em belezas, sentimentalismos, esnobismos, o que é válido para alguns de nossos romancistas de maior sucesso. Mas há outros que, por natureza ou circunstâncias, parecem de tal modo situados que podem utilizar livremente suas aptidões em coisas importantes. Não é que eles escrevam rápida ou facilmente, nem que logo façam sucesso ou se tornem célebres. O que se está tentando, em vez disso, é analisar uma característica que está presente na maior parte das grandes épocas da literatura e que é mais marcante na obra dos dramaturgos elisabetanos. Eles parecem ter uma atitude diante da vida: uma posição que lhes permite movimentar os membros livremente; uma visão que embora seja feita de todos os tipos de diferentes coisas se insere na perspectiva certa para seus propósitos.

Em parte isso era, obviamente, resultado das circunstâncias. O apetite do público, não por livros, mas pelo drama, a pequenez das cidades, a distância que separava as pessoas, a ignorância em que então viviam até mesmo os instruídos, tudo isso fazia com que se tornasse natural, para a imaginação elisabetana, se fartar de leões e unicórnios, duques e duquesas, violência e mistério. Isso era reforçado por algo que não podemos tão simplesmente explicar, mas que, com certeza, podemos sentir. Eles tinham uma atitude diante da vida que os tornava capazes de se expressar livre e plenamente. As peças de Shakespeare não são o produto de uma mente confusa e frustrada; elas são o invólucro perfeitamente elástico de seu pensamento. Ele passa, sem nenhum entrave, da filosofia a uma farra regada a álcool; das canções de amor a uma altercação; da simples alegria à especulação profunda. E é verdade, no que se refere a todos os dramaturgos elisabetanos, que, embora possam nos entediar – e é o que às vezes acontece –, eles nunca nos fazem sentir que estão com medo ou autoconscientes, ou que há algo obstruindo, impedindo, inibindo o fluxo pleno de sua mente.

Contudo, nosso primeiro pensamento quando abrimos uma peça poética moderna – e isso se aplica a grande parte da poesia moderna – é que o escritor não se sente à vontade. Ele está receoso, ele está constrangido, ele está autoconsciente. E com toda razão! podemos exclamar, pois quem de nós se sente perfeitamente à vontade diante de um homem chamado Xenócrates trajando uma toga ou de uma mulher chamada Eudóxia envolta numa manta? Contudo, por alguma razão, a peça poética moderna é sempre sobre Xenócrates e não sobre o sr. Robinson; é sobre a Tessália, e não sobre a Charing Cross Road. Quando os elisabetanos situavam suas cenas em lugares estrangeiros e faziam de seus heróis e heroínas príncipes e princesas, eles simplesmente mudavam a cena de um lado para o outro de um véu muito fino. Era um expediente natural que dava profundidade e distância aos seus personagens. Mas o país continuava sendo o inglês; e o príncipe da Boêmia era a mesma pessoa que o nobre da Inglaterra. Nossos dramaturgos poéticos modernos, entretanto, parecem buscar o véu do passado e da distância por uma razão diferente. Eles querem não um véu que destaque, mas uma cortina que esconda; situam sua cena no passado porque têm medo do presente. Eles sabem que, se tentassem expressar os pensamentos, as visões, as simpatias e as antipatias que estão realmente dando voltas e saltando em seu cérebro neste ano da graça de 1927, os decoros poéticos seriam violados; eles conseguiriam apenas gaguejar e balbuciar e talvez tivessem que se sentar ou deixar a sala. Os elisabetanos tinham uma atitude que lhes permitia total liberdade; o dramaturgo moderno simplesmente não tem nenhuma atitude ou então tem uma atitude tão tensa que ela tolhe seus membros e distorce sua visão. Ele tem, portanto, que buscar refúgio em Xenócrates, que não diz nada ou diz apenas o que o verso branco pode dizer com decoro.

Mas podemos nos explicar um pouco mais plenamente? O que mudou, o que aconteceu, o que pôs agora o escritor num ângulo tal que ele não consegue fazer sua mente jorrar direto nos velhos canais da poesia inglesa? Algum tipo de resposta pode ser sugerido por uma caminhada pelas ruas de qualquer cidade grande. A longa avenida de tijolos está dividida em caixotes, cada um dos quais é ocupado por um ser humano diferente, que pôs fechaduras nas portas e trincos nas janelas para garantir alguma privacidade, mas está ligado a seus semelhantes por fios que passam pelo alto, por ondas de som que jorram pelo teto e lhe falam em voz alta de batalhas e assassinatos e de greves e revoluções no mundo todo. E se entrarmos e falarmos com ele, descobriremos que se trata de um animal temeroso, reticente, desconfiado, autoconsciente ao extremo, preocupado ao extremo em não se revelar. Na verdade, não há nada na vida moderna que o obrigue a proceder desse jeito. Não há violência alguma na vida privada; quando nos encontramos, somos polidos, tolerantes, agradáveis. Até mesmo a guerra é conduzida por sociedades e comunidades, e não por indivíduos. O duelo está extinto. O vínculo do casamento pode se estender indefinidamente sem se romper. A pessoa comum é mais calma, mais serena, mais autocontida do que era antes.

Mas, de novo, descobriremos, se fizermos uma caminhada com nosso amigo, que ele é extremamente sensível a tudo – à feiura, à sordidez, à beleza, à diversão. Ele é imensamente curioso. Ele segue todo e qualquer pensamento, indiferente ao lugar para onde ele possa levá-lo. Ele discute abertamente o que nunca costumava ser referido nem mesmo em privado. E essas mesmas liberdade e curiosidade são talvez a causa do que parece ser sua característica mais marcante – a maneira estranha pela qual coisas que não têm nenhuma conexão óbvia estão associadas em sua mente. Sentimentos que costumavam surgir simples e separadamente não fazem mais isso. A beleza é, em parte, feiura; a diversão é, em parte, chatice; o prazer é, em parte, dor. As emoções que costumavam entrar inteiras na mente são agora desintegradas na entrada.

Por exemplo: É uma noite de primavera, a lua está no céu, o rouxinol canta,[1] os salgueiros se curvam por sobre o rio. Sim; mas ao mesmo tempo uma velha doente remexe seus trapos sujos em cima de um horrendo banco de ferro. Ela e a primavera entram juntas na mente dele; elas se juntam, mas não se misturam. As duas emoções, tão incongruentemente atreladas, mordem e chutam uma a outra em uníssono. Mas a emoção que Keats sentiu quando ouviu o canto de um rouxinol é una e inteira, embora ela passe da alegria que há na beleza à tristeza diante da infelicidade da sorte humana. Ele não faz nenhum contraste. Em seu poema, a tristeza é a sombra que acompanha a beleza. Na mente moderna, a beleza é acompanhada não por sua sombra, mas por seu oposto. O poeta moderno fala do rouxinol[2] que canta "jug jug para ouvidos sórdidos". Ali vai, com passinhos curtos, ao lado de nossa beleza moderna, algum espírito zombeteiro que escarnece a beleza por ser bela; que vira o espelho e nos mostra que o outro lado de seu rosto está deformado e cheio de marcas. É como se a mente moderna, sempre querendo pôr suas emoções à prova, tivesse perdido a capacidade de aceitar qualquer coisa simplesmente pelo que ela é. Esse espírito cético e inquisitivo tem, sem dúvida, levado a um grande revigoramento e renovação da alma. Há uma franqueza, uma honestidade na escrita moderna que é salutar, quando não imensamente agradável. A literatura moderna, que se tornara um tanto perfumada e sufocante com Oscar Wilde e Walter Pater, despertou instantaneamente da letargia do século dezenove quando Samuel Butler e Bernard Shaw começaram a queimar-lhes as penas e a dar-lhe sais para ela cheirar. Ela acordou; ela se ergueu; ela espirrou. Naturalmente os poetas se assustaram.

Pois a poesia, é claro, sempre esteve, de forma esmagadora, do lado da beleza. Ela sempre insistiu em certos direitos, tais como a rima, o metro, a dicção poética. Ela nunca foi usada para as finalidades comuns da vida. A prosa tem se encarregado de todo o trabalho sujo; tem respondido as cartas, pagado as contas, escrito artigos, feito discursos, atendido as necessidades dos homens de negócio, dos lojistas, dos advogados, dos soldados, dos camponeses.

A poesia tem se mantido à distância, na posse de seus sacerdotes. Ela talvez tenha pagado o preço por essa reclusão tornando-se um tanto rígida. Sua presença com todos os seus aparatos – seus véus, suas guirlandas, suas memórias, suas associações – nos afeta no instante em que ela fala. Assim, quando pedimos à poesia para expressar esta discórdia, esta incongruência, este sarcasmo, este contraste, esta curiosidade, as emoções momentâneas, singulares, que se produzem em quartos pequenos e separados, as ideias amplas, gerais, que a civilização ensina, que a têm mantido à distância, ela não consegue se movimentar com a rapidez, com a simplicidade, ou com a amplitude suficiente para fazê-lo. Seu tom é marcado demais; sua maneira, enfática demais. Ela nos dá, em vez disso, adoráveis e líricos gritos de paixão; com um majestoso gesto do braço, ela nos convida a buscar refúgio no passado; mas ela não entra em compasso com a mente e se joga sutil, rápida, apaixonadamente nos variados gozos e sofrimentos da última. Byron, em *Don Juan*, apontou o caminho; ele mostrou o quanto a poesia pode se tornar um instrumento flexível, mas ninguém seguiu seu exemplo para dar à sua ferramenta uma nova utilização. Continuamos sem uma peça poética.

Somos levados, assim, a refletir se a poesia está à altura da tarefa que agora estamos lhe atribuindo. É possível que as emoções aqui esboçadas de modo tão rudimentar e imputadas à mente moderna se submetam mais prontamente à prosa que à poesia. É possível que a prosa vá assumir – na verdade, já assumiu – algumas das tarefas que outrora estavam a cargo da poesia.

Se, pois, formos ousados e nos arriscarmos a nos expor ao ridículo e tentarmos ver em que direção nós, que parecemos estar nos movendo tão ligeiro, estamos indo, podemos arriscar o palpite de que estamos indo na direção da prosa e que, em dez ou quinze anos, a prosa será usada para propósitos para os quais ela nunca antes fora usada. Aquele canibal, o romance, que tem devorado tantas formas de arte, terá, nessa altura, devorado outras mais. Seremos obrigados a inventar novos nomes para os diferentes livros que se disfarçam sob essa única rubrica. E é possível pensar que haverá entre os assim chamados romances um em especial que dificilmente saberemos como batizar. Será escrito em prosa, mas numa prosa que tem muitas das características da poesia. Terá algo da exaltação da poesia, mas muito do caráter ordinário da prosa. Será dramático sem ser, entretanto, uma peça. Será lido, e não representado. Por qual nome iremos chamá-lo não é matéria de muita importância. O que é importante é que esse livro que vislumbramos no horizonte possa servir para expressar alguns daqueles sentimentos que parecem, neste momento, ser, pura e simplesmente, evitados pela poesia, e para descobrir que o drama lhes é igualmente inóspito. Tentemos, pois, nos familiarizar mais com ele e imaginar qual pode ser seu escopo e natureza.

Em primeiro lugar, pode-se imaginar que será diferente do romance tal como o conhecemos agora sobretudo pelo fato de que ele tomará uma distância maior da vida. Ele dará, tal como faz a poesia, o esboço mais do que o detalhe. Ele fará pouco uso do maravilhoso poder de registrar os fatos, que é um dos atributos da ficção. Ele nos dirá muito pouco sobre a casa, a renda, a ocupação de seus personagens; ele terá pouco parentesco com o romance sociológico ou o romance ambiental. Com essas limitações, ele expressará os sentimentos e ideias dos personagens íntima e intensamente, mas de um ângulo diferente. Irá se assemelhar à poesia nisto: ele propiciará não apenas ou principalmente as relações das pessoas entre si e suas atividades conjuntas, como o romance tem feito até agora, mas também a relação entre a mente e as ideias gerais e seu solilóquio em solitude. Pois, sob o domínio do romance, temos escrutinizado uma parte da mente a fundo e deixado a outra inexplorada. Chegamos a esquecer que uma parte grande e importante da vida é feita de nossas emoções relativamente a coisas como as rosas e os rouxinóis, a aurora, o pôr do sol, a vida, a morte e o destino; esquecemos que passamos muito tempo dormindo, sonhando, pensando, lendo, a sós; não estamos o tempo todo ocupados em relações pessoais; nossas energias não são todas consumidas em ganhar a vida. O romancista psicológico tem estado demasiadamente propenso a limitar a psicologia à psicologia das relações pessoais; ansiamos, às vezes, por escapar da incessante, implacável análise do apaixonar-se e desapaixonar-se, do que Tom sente por Judith e Judith realmente sente ou simplesmente não sente por Tom. Ansiamos por alguma relação mais impessoal. Ansiamos por ideias, por sonhos, por imaginações, por poesia.

E uma das glórias dos dramaturgos elisabetanos é que eles nos proporcionam isso. O poeta está sempre apto a transcender a particularidade da relação entre Hamlet e Ofélia e a nos proporcionar seu questionamento não apenas de seu destino pessoal, mas do estado e da natureza de toda a vida humana. Em *Measure for Measure*, por exemplo, as passagens de extrema sutileza psicológica são matizadas com reflexões profundas, com imaginações extraordinárias. Vale, contudo, observar que se Shakespeare nos dá essa profundidade, essa psicologia, ao mesmo tempo Shakespeare não faz nenhuma tentativa de nos dar algumas outras e determinadas coisas. Suas peças não têm absolutamente nenhuma utilidade como "sociologia aplicada". Se tivéssemos que depender delas para um conhecimento das condições sociais e econômicas da vida elisabetana, estaríamos irremediavelmente perdidos.

Sob esses aspectos, pois, o romance ou a variedade de romance que será escrito nos tempos vindouros assumirá alguns dos atributos da poesia. Ele propiciará as relações do homem com a natureza, o destino; sua imaginação; seus sonhos. Mas propiciará também o sarcasmo, o contraste, a questão, a densidade e a complexidade da vida. Ele se moldará por aquela estranha conglomeração de coisas incongruentes – a mente moderna. Ele tomará, portanto, em seus braços as preciosas prerrogativas da arte democrática da prosa; sua liberdade, sua audácia, sua flexibilidade. Pois a prosa é tão humilde que ela pode ir a todo lugar; nenhum lugar é tão baixo, tão sórdido ou tão vil que a impeça de entrar.

Ela também é infinitamente paciente, humildemente aquisitiva. Ela pode devorar com sua longa e glutinosa língua os fragmentos mais diminutos de um fato e arregimentá-los dentro dos mais sutis labirintos, e pôr-se silenciosamente à escuta atrás de portas através da quais se pode ouvir apenas um murmúrio, apenas um sussurro. Com toda a versatilidade de um instrumento que está em constante uso, ela pode acompanhar os volteios e registrar as mudanças que são típicas da mente moderna. Quanto a isso, com Proust e Dostoiévski em nosso apoio, podemos concordar.

Mas pode a prosa, podemos perguntar, por mais adequada que seja para lidar com o comum e o complexo – pode a prosa dizer as coisas simples que são tão extraordinárias? Proporcionar as emoções súbitas que são tão surpreendentes? Pode ela cantar a elegia ou exprimir em hinos o amor ou gritar aterrorizada ou louvar a rosa, o rouxinol ou a beleza da noite? Pode ela pular, de um salto, ao âmago da matéria, como faz o poeta? Penso que não. É o ônus que ela paga por ter se desfeito do feitiço e do mistério, da rima e do metro. É verdade que os prosadores são ousados; eles estão constantemente forçando seu instrumento para fazer a tentativa. Mas sempre se tem uma sensação de desconforto diante da presença do remendo purpúreo[3] do poema em prosa. Mas a objeção ao remendo purpúreo, entretanto, não é por ser purpúreo, mas por ser um remendo. Lembrem-se, por exemplo, do capítulo "Diversão num apito de uma moedinha", de Meredith, em *Richard Feverel*. Quão desajeitadamente, quão enfaticamente, com um metro quebrado, ele começa: "Douradas estendem-se as campinas; dourados correm os riachos; o ouro rubro cobre os troncos dos pinheiros. O sol desce à terra e caminha pelos campos e pelas águas". Ou relembrem a famosa descrição da tempestade no fim de *Villette*, de Charlotte Brontë. Essas passagens são eloquentes, líricas, esplêndidas; são lidas com gosto quando recortadas e inseridas numa antologia; mas no contexto do romance elas nos incomodam. Pois tanto Meredith quanto Charlotte Brontë consideravam-se romancistas; ambos enfrentavam a vida de perto; ambos nos levavam a esperar o ritmo, a observação, a perspectiva da ficção; súbita, violenta e autoconscientemente, eles trocam tudo isso pelo ritmo, pela observação e pela perspectiva da poesia. Sentimos o solavanco e o esforço; somos meio que despertados daquele transe de aquiescência e fantasia em que nossa entrega ao poder da imaginação do escritor é a mais completa.

Mas consideremos agora outro livro, que, embora escrito em prosa e à guisa de ser qualificado como romance, adota desde o início uma atitude diferente, um ritmo diferente, que se distancia da vida, e nos leva a esperar uma perspectiva diferente – *Tristram Shandy*.[4] É um livro pleno de poesia, mas nunca a percebemos; é um livro tingido de um purpúreo intenso, que, entretanto, nunca é remendado. Aqui, embora o estado de espírito esteja sempre mudando, não há, nessa mudança, nenhum solavanco, nenhuma sacudida para nos despertar das profundezas do consentimento e da crença. No mesmo diapasão, Sterne gargalha, escarnece, comete alguma terrível obscenidade e vai adiante com uma passagem como esta:

> O Tempo se dissipa muito ligeiro: cada letra que traço me diz com que rapidez a Vida segue a minha pena; seus dias e horas, mais preciosos – minha

querida Jenny – que os rubis à volta de teu colo, voam sobre nossas cabeças como as leves nuvens de um dia ventoso, para nunca mais voltar; tudo se aligeira – enquanto tranças essa madeixa – olha! ela se agrisalha; e cada vez que beijo tua mão para dizer adeus, e cada ausência que se lhe segue, são prelúdios daquela eterna separação que estamos prestes a fazer. – Que os céus tenham piedade de nós dois! [Cap. IX] Agora, quanto ao que o mundo pensa daquela ejaculação – pouco me importa.

E ele se dirige ao tio Toby, ao Cabo, à sra. Shandy e aos demais.

Vê-se aí a poesia tornando-se, fácil e naturalmente, prosa, e a prosa, poesia. Mantendo-se um tanto indiferente, Sterne estende levemente as mãos sobre a imaginação, o humor, a fantasia: e erguendo-as para o alto, por entre os ramos em que essas coisas brotam, ele perde, natural e indubitavelmente, mas de bom grado, seu direito aos vegetais mais substanciosos que brotam no chão. Pois, infelizmente, parece ser verdade que alguma renúncia é inevitável. Não se pode atravessar a estreita ponte da arte levando todos os seus instrumentos nas mãos. É preciso deixar alguns para trás ou largá-los no meio da correnteza ou, o que é pior, perde-se o equilíbrio e morre-se afogado.

Assim, pois, essa variedade inominada de romance será escrita distanciando-se da vida, porque dessa forma se obterá uma visão mais ampla de algumas de suas importantes características; será escrita em prosa porque a prosa, se nos livramos do trabalho de besta de carga de que tantos romancistas necessariamente incumbem-lhe ao impor-lhe toneladas de detalhes e lotes de fatos – a prosa, assim tratada, se mostrará capaz de elevar-se do solo, não de um salto, mas em voltas e círculos, e de se manter, ao mesmo tempo, em contato com as diversões e as idiossincrasias da natureza humana na vida cotidiana.

Resta, entretanto, mais uma questão. Pode a prosa ser dramática? É óbvio, sem dúvida, que Shaw e Ibsen têm se utilizado dramática e exitosamente da prosa, mas eles se mantiveram fiéis à forma dramática. Essa forma, pode-se profetizar, não é a que o dramaturgo poético do futuro considerará adequada para suas necessidades. Uma peça em prosa é demasiadamente rígida, demasiadamente limitada, demasiadamente enfática para seus propósitos. Ela deixa escapar por entre suas malhas a metade das coisas que ele quer dizer. Ele não consegue comprimir em forma de diálogo todo o comentário, toda a análise, toda a riqueza que ele quer dar. Contudo ele cobiça o explosivo efeito emocional do drama; ele quer extrair sangue de seus leitores, e não simplesmente atingir e excitar suas suscetibilidades intelectuais. A vagueza e a liberdade de *Tristram Shandy*, ainda que envolvam e tragam maravilhosamente à tona personagens como o Tio Toby e o Cabo Trim, não tentam alinhá-las e arregimentá-las em conjunto num contraste dramático. Será, portanto, necessário que o autor desse árduo livro faça valer sobre suas tumultuosas e contraditórias emoções o poder generalizante e simplificador de uma imaginação lógica e rigorosa. O tumulto é vil; a confusão é odiosa; tudo numa obra de arte deve ser controlado e ordenado. Seu esforço será o de ampliar, e não o de dividir. Em vez de enumerar detalhes, ele moldará blocos. Seus personagens terão, assim, uma força dramática que os personagens minuciosamente compostos da ficção contemporânea muitas vezes sacrificam em benefício da psicologia. E, então, embora seja pouco visível, de tão longe que essa força se estende na linha do horizonte – pode-se imaginar que ele terá ampliado o escopo de seu interesse de forma a dramatizar algumas das influências que exercem um papel tão grande na vida, embora tenha até agora passado despercebido ao romancista – a força da música, o estímulo da vista, o efeito sobre nós da forma das árvores ou o jogo de cores, as emoções em nós provocadas pelas multidões, os obscuros ódios e terrores que surgem tão irracionalmente em certos lugares ou de certas pessoas, o prazer do movimento, a embriaguez do vinho. Cada momento é o centro e o lugar de encontro de um número extraordinário de percepções que ainda não tinham encontrado expressão. A vida é sempre e inevitavelmente muito mais rica que nós que tentamos expressá-la.

Mas não é necessário nenhum dom da profecia para se certificar de que seja lá quem for que tente fazer o que foi aqui esboçado precisará de toda a sua coragem. A prosa não vai aprender um novo passo a pedido do primeiro que chegar. Contudo, se os sinais dos tempos são de alguma valia, a necessidade de novos desenvolvimentos está sendo sentida. É certo que há, espalhados pela Inglaterra, França e América do Norte, escritores que estão tentando livrar-se de uma sujeição que se tornou incômoda para eles; escritores que estão tentando reajustar sua atitude de modo que possam uma vez mais manter-se fácil e naturalmente numa posição em que suas forças tenham um efeito pleno em coisas importantes. E é quando um livro nos impressiona como o resultado dessa atitude, e não por sua beleza ou seu brilhantismo, que sabemos que ele tem em si as sementes de uma existência duradoura.

Notas

Publicado, originalmente, em *New York Herald Tribune*, em duas partes, em 14 e 21 de agosto de 1927. Republicado, com ligeiras mudanças, com o título "A estreita ponte da arte" ("The Narrow Bridge of Art"), em *Granite and Rainbow* (1958) e em *Collected Essays*, v. 2 (1966).

[1] Alusão ao poema "Ode to a Nightingale" ("Ode a um rouxinol"), de John Keats.

[2] Alusão a um verso da parte 2 ("*A Game of Chess*", "Uma partida de xadrez"), do poema *The Waste Land*, de T. S. Eliot: "*yet there the nightingale / Filled all the desert with inviolable voice / And still she cried, and still the world pursues, / 'Jug Jug' to dirty ears.*" [contudo lá o rouxinol / Inundava o deserto inteiro com inviolável voz / E ainda assim ela gritava, e ainda assim o mundo segue, / 'Jug jug' para ouvidos sórdidos."]

[3] No original, "*in the presence of the purple patch of the prose poem*". A expressão "*purple patch*" traduz "*purpureus pannus*", utilizada pelo poeta latino Horácio, em *Ars poetica* (*A arte poética*), v. 15-16, com o significado de "remendo purpúreo", figurativamente aplicado a uma passagem excepcionalmente ornamentada de uma obra poética. Mais detalhes aqui: https://bit.ly/42r5jvT.

[4] Livro de autoria de Laurence Sterne (1713-1768).

Os poetas (*In* "As fases da ficção")

Estamos conscientes, ao longo de *Tristram Shandy*,[1] dessa mistura e desse contraste.[2] Laurence Sterne é o personagem mais importante do livro. É verdade que, no momento crítico, o autor se apaga e dá a seus personagens aquele empurrãozinho extra que os liberta de sua tutela de modo que eles são algo mais que a extravagância e as fantasias de um cérebro brilhante. Mas uma vez que o personagem é, em grande parte, feito de ambiente e circunstâncias, essas pessoas cujos ambientes são tão estranhos que estão elas próprias quase sempre silenciosas, mas sempre tão excentricamente referidas, constituem uma espécie à parte entre os personagens de ficção. Não há nada como elas em nenhuma outra parte, pois em nenhum outro livro os personagens são tão estreitamente dependentes do autor. Em nenhum outro livro o escritor e o leitor estão assim tão envolvidos entre si. Temos, assim, finalmente, um livro em que todas as convenções de praxe são desfeitas e, contudo, não acontece nenhuma ruína ou catástrofe; o todo subsiste inteiro por si só, como uma casa que é milagrosamente habitável sem o auxílio de paredes, escadarias ou divisórias. Vivemos nos caprichos, contorções e excentricidades do espírito, não no lento desenrolar da longa duração da vida.

E, enquanto nós mesmos tomamos sol num desses altos pináculos, surge a reflexão: não podemos fugir para mais longe ainda, de modo que não estejamos conscientes de nenhum autor qualquer que ele seja? Não podemos encontrar poesia em algum romance ou outro? Pois Sterne, pela beleza de seu estilo, nos permitiu ultrapassar os limites da personalidade, rumo a um mundo que não é, inteiramente, o mundo da ficção.

Os poetas

Certas frases provocaram essa mudança em nós. Elas nos afastaram da atmosfera da ficção; elas nos fizeram parar para refletir. Por exemplo:

> Não discutirei a questão; o Tempo se dissipa muito ligeiro: cada letra que traço me diz com que rapidez a Vida segue a minha pena; seus dias e horas, mais preciosos – minha querida Jenny – que os rubis à volta de teu colo, voam sobre nossas cabeças como as leves nuvens de um dia ventoso, para nunca mais voltar; tudo se aligeira – enquanto tranças essa madeixa – olha! ela se agrisalha; e cada vez que beijo tua mão para dizer adeus, e cada ausência que se lhe segue, são prelúdios daquela eterna separação que estamos prestes a fazer.

Frases como essa produzem, pelo curioso ritmo de seu fraseado, por um toque na sensação visual, uma alteração no movimento da mente que a faz deter-se e expandir seu olhar e levemente mudar sua atenção. Estamos contemplando a vida em geral.

Mas embora Sterne, com sua extraordinária elasticidade, pudesse também usar esse efeito sem incongruência, isso só é possível porque seu gênio é rico o suficiente para permitir-lhe sacrificar algumas das características que são próprias da natureza do romance sem que o percebamos. É óbvio que não há nenhuma concentração das experiências de muitas vidas e muitas mentes como em *Guerra e paz*; e também que há algo do ensaísta, algo do soliloquista nas graças e gracejos dessa mente brilhante no que diz respeito à natureza do romance. Ele é, às vezes, sentimental, como se após uma exibição tão grande de singularidade ele devesse afirmar seu interesse pelas vidas e pelas afeições normais de sua gente. As lágrimas são necessárias; as lágrimas são estimuladas. Seja como for, rara e individual como é sua poesia, há uma outra poesia que é mais congênita ao romance, porque ela utiliza o material que o romancista fornece. É a poesia da situação, mais que a da linguagem, a que percebemos quando Catherine, em *Wuthering Heights* (*O morro dos ventos uivantes*), puxa as plumas do travesseiro; quando, de noite, Oak vigia as ovelhas; quando, da janela, Natacha, em *Guerra e paz*, contempla as estrelas. E é significativo que evoquemos essa poesia não como a evocamos em verso, pelas palavras, mas pela cena. A prosa permanece casual e sóbria o bastante de modo que citá-la é fazer pouco ou nada para explicar seu efeito. Temos, com frequência, que voltar atrás e ler um capítulo, ou mais, antes que possamos atingir a impressão de beleza ou intensidade de que fomos possuídos.

  Contudo não se pode negar que dois dos romancistas que são mais frequentemente poéticos – Meredith e Hardy – são romancistas imperfeitos. Tanto *The Ordeal of Richard Feverel* (*A provação de Richard Feverel*) quanto *Far from the Madding Crowd* (*Longe da multidão enlouquecida*) são livros de considerável desigualdade. Em ambos percebemos uma falta de controle, uma incoerência tal que jamais percebemos em *Guerra e paz* ou *Em busca do tempo perdido* ou *Orgulho e preconceito*. Tanto Hardy quanto Meredith estão demasiadamente carregados, ao que parece, de uma consciência da poesia e têm uma empatia demasiadamente limitada ou demasiadamente imperfeita para com os seres humanos para expressá-la adequadamente por esse meio. Por consequência, como tão frequentemente vemos em Hardy, o elemento impessoal – o Destino, os Deuses, seja lá com qual nome decidamos nomeá-lo – domina as personagens. Elas parecem rígidas, melodramáticas, irreais. Elas não conseguem expressar pelos próprios lábios a poesia com a qual o próprio escritor está carregado, pois a psicologia delas é inadequada e a expressão é, assim, deixada a cargo do escritor, que assume um papel desconectado de suas personagens e não consegue retornar a elas com toda a facilidade quando é chegada a hora.

De novo, em Meredith, a consciência que o escritor tem da poesia da juventude, do amor, da natureza é ouvida como uma música que os personagens escutam passivamente, sem mover um músculo; e, então, quando a música termina, eles, de repente, voltam a se mexer. Isso pareceria provar que uma profunda consciência poética é um dom perigoso para o romancista; pois em Hardy e em Meredith a poesia parece significar algo impessoal, generalizado, hostil à idiossincrasia do personagem, de modo que os dois sofrem se postos em contato. É possível que o perfeito romancista expresse uma espécie diferente de poesia ou que tenha o poder de expressá-la de uma maneira que não seja nociva às outras características do romance. Se evocamos as passagens que nos pareceram, em retrospecto pelo menos, poéticas na ficção, nós nos lembramos delas como parte do romance. Quando Natacha, em *Guerra e paz*, contempla, da janela, as estrelas, Tolstói produz um sentimento de profunda e intensa poesia sem qualquer contratempo ou sem aquela inquietante sensação de um poema sendo recitado a ouvintes. Ele produz isso porque sua consciência poética encontra expressão na poesia da situação ou porque seus personagens a expressam em suas próprias palavras, que são, com frequência, das mais simples. Estivemos vivendo neles e conhecendo-os de tal forma que, quando Natacha se inclina no parapeito da janela e pensa na vida que a espera, nossas sensações da poesia do momento não se encontram tanto no que ela diz, mas muito mais na percepção que temos dela, que o diz.

De novo, *O morro dos ventos uivantes* está imerso em poesia. Mas há aqui uma diferença, pois mal se pode dizer que a profunda poesia da cena em que Catherine puxa as plumas do travesseiro tem algo a ver com o conhecimento que temos dela ou que se soma à nossa compreensão ou ao nosso sentimento sobre seu futuro. Em vez disso, ela aprofunda e controla a atmosfera selvagem, turbulenta, do livro inteiro. Por um golpe de vista magistral, mais raro na prosa que na poesia, as pessoas e o cenário e a atmosfera estão todos em conformidade entre si. E, o que é ainda mais raro e mais impressionante, através dessa atmosfera parecemos vislumbrar homens e mulheres maiores, de outros símbolos e significados. Entretanto, os personagens Heathcliff e Catherine são perfeitamente naturais; eles contêm toda a poesia que a própria Emily Brontë sente sem nenhum esforço. Nunca sentimos que esse é um momento poético, separado do resto, ou que aqui Emily Brontë está se dirigindo a nós através de seus personagens. Sua emoção não extravasou e se elevou de forma independente, em algum comentário ou atitude de sua própria conta. Ela está usando seus personagens para expressar sua concepção, de modo que suas criaturas são agentes ativos na vida do livro, contribuindo para seu ímpeto, e não o retardando. O mesmo acontece, mais explicitamente mas com menos concentração, em *Moby Dick*. Em ambos os livros temos uma visão da presença para além dos seres humanos, de um significado que eles representam sem deixarem de ser eles mesmos. Mas é notável que tanto Emily Brontë quanto Herman Melville ignoram a maior parte desses espólios do espírito moderno que Proust tão tenazmente apreende e tão triunfantemente transforma. Os dois primeiros simplificam seus personagens até que apenas os grandes contornos, as fissuras e as estrias da face sejam visíveis. Ambos parecem ter se sentido contentes com o romance como sua forma e com a prosa como seu instrumento desde que pudessem levar a cena para longe das cidades, simplificar os atores e deixar que a natureza no que tem de mais selvagem faça parte da cena. Podemos, assim, dizer que há poesia nos romances onde a poesia se expressa através dos personagens e, de novo, onde a poesia se expressa, não tanto pelo personagem específico numa situação específica, como Natacha à janela, mas, antes, por toda a atmosfera e todo o humor do livro, como a atmosfera e o humor de *O morro dos ventos uivantes* ou de *Moby Dick*, aos quais os personagens de Catherine ou de Heathcliff ou do Capitão Ahab dão expressão.

No romance *Em busca do tempo perdido*, entretanto, há tanta poesia quanto em qualquer desses livros; mas é uma poesia de um tipo diferente. A análise da emoção é levada mais longe por Proust do que por qualquer outro romancista; e a poesia surge não na situação, que é demasiadamente rebuscada e copiosa para tal efeito, mas naquelas frequentes passagens de metáfora elaborada, que brotam da rocha do pensamento como fontes de água doce e servem de traduções de uma linguagem para outra. É como se houvesse duas faces para cada situação; uma inteiramente sob a luz, de modo que ela pode ser descrita tão acuradamente e examinada tão minuciosamente quanto possível; a outra metade à sombra, de modo que ela pode ser descrita apenas num momento de fé e visão pelo uso da metáfora. Quanto mais o romancista medita sobre sua análise, mais ele se torna consciente de algo que escapa para sempre. E é essa dupla visão que torna a obra de Proust para nós, em nossa geração, tão esférica, tão abrangente. Assim, enquanto Emily Brontë e Herman Melville afastam o romance da praia em direção ao mar, Proust, por outro lado, fixa os olhos nos homens.

E aqui podemos fazer uma pausa, não, certamente, que não haja mais livros a ler ou mais mudanças de ânimo a satisfazer, mas por uma razão que brota da juventude e do vigor da própria arte. Podemos imaginar tantos tipos diferentes de romance, estamos conscientes de tantas relações e suscetibilidades que o romancista não expressou, que paramos no meio, com Emily Brontë ou com Tolstói, sem qualquer pretensão de que as fases da ficção estejam completas ou de que nossos desejos como leitor tenham sido plenamente satisfeitos. Pelo contrário, ler os excita; eles jorram e nos tornam inarticuladamente conscientes de uma dúzia de romances diferentes que esperam, inescritos, logo abaixo da linha do horizonte. Daí a futilidade, no presente, de qualquer teoria do "futuro da ficção". Os próximos dez anos certamente a desnortearão; o próximo século fará com que seja atirada ao vento. Temos apenas que nos lembrar da juventude relativa do romance, que tem, grosso modo, perto da idade da poesia inglesa do tempo de Shakespeare, para nos darmos conta da tolice de qualquer sumário ou teoria do futuro da arte. Ademais, a própria prosa está ainda em sua infância, e é capaz, sem dúvida, de mudança e desenvolvimento infinitos.

Mas nosso rápido percurso de livro em livro nos deixou com algumas anotações feitas de passagem, e essas podemos organizá-las, não tanto para buscar uma conclusão quanto para expressar o estado de espírito reflexivo, meditativo, que acompanha a atividade da leitura. Assim, então, em primeiro lugar, ainda que o tempo ao nosso dispor tenha sido curto, percorremos, afetivamente, ao ler esses poucos livros, uma grande distância. Palmilhamos devagar e ponderadamente a rodovia falando uma linguagem chã e encontrando muitas e interessantes aventuras; tornando-nos românticos, vivemos em castelos e fomos perseguidos em brejos e lutamos corajosamente e morremos; então, cansados disso, entramos de novo em contato com a humanidade, no começo, romanticamente, prodigiosamente, desfrutando da companhia dos gigantes e dos anões, dos enormes e dos deformados, e então, de novo, cansados dessa extravagância, os reduzimos, por meio do microscópio de Jane Austen, a homens e mulheres perfeitamente proporcionados e normais, e o mundo caótico a presbitérios, a plantações de arbustos e a gramados ingleses.

Mas logo uma sombra baixa sobre essa brilhante perspectiva, distorcendo a encantadora harmonia de suas proporções. A sombra de nossas próprias mentes baixou sobre ela, e gradualmente fomos nos movendo para o interior, e fomos explorando, com Henry James, os intermináveis filamentos de sentimento e relacionamento nos quais os homens e as mulheres são enredados, e fomos, assim, levados, com Dostoiévski, a descer milhas e milhas em direção às profundas e turbulentas vagas da alma.

Por fim, Proust traz a luz de uma inteligência imensamente civilizada e saturada para deter esse caos e revelar a infinita gama e complexidade da sensibilidade humana. Mas, ao segui-lo, perdemos a noção do contorno e, para recuperá-la, buscamos os satiristas e os fantasiosos, que se põem à parte e mantêm o mundo a distância e tendem a eliminar e a reduzir, de modo que temos a satisfação de ver as coisas redondas após termos estado imersos nelas. E os satiristas e os fantasiosos, como Peacock e Sterne, por seu distanciamento, com frequência escrevem como escrevem os poetas, pela beleza da frase, e não por sua utilidade, e nos levam, assim, a desejar que haja poesia no romance. A poesia, ao que parece, exige uma ordenação diferente da cena; os seres humanos são necessários, mas necessários em sua relação com o amor, ou a morte, ou a natureza, mais do que entre si. Por essa razão, sua psicologia é simplificada, tal como ocorre tanto em Meredith quanto em Hardy, e em vez de sentir a complexidade da vida, sentimos sua paixão, sua tragédia. Em *O morro dos ventos uivantes* e em *Moby Dick*, essa simplificação, longe de ser vazia, tem grandeza, e sentimos esse algo além, que não é humano, mas não destrói sua humanidade nem suas ações. Podemos, assim, recapitular sumariamente nossas impressões. Por breves e fragmentadas que sejam, tivemos alguma ideia da amplitude da ficção e da medida de seu alcance.

Ao olharmos para trás, parece que o romancista pode fazer qualquer coisa. Há espaço num romance para a narrativa, para a comédia, para a tragédia, para a crítica e a informação e a filosofia e a poesia. Parte de seu apelo reside na amplitude de seu escopo e na satisfação que ela oferece a estados de espírito tão diferentes, a desejos e instintos da parte do leitor. Mas por mais que o romancista varie sua cena e altere as relações entre uma coisa e outra – e ao olharmos para trás vemos o mundo inteiro em perpétua transformação – um único elemento permanece constante em todos os romances: o elemento humano; eles são sobre pessoas, eles instigam em nós os sentimentos que as pessoas instigam em nós na vida real. O romance é a única forma de arte que tenta fazer com que acreditemos que está fornecendo um registro completo e verídico da vida de uma pessoa real. E para proporcionar esse registro completo da vida, não o clímax e a crise, mas o progresso e o desenrolar dos sentimentos, que é o objetivo do romancista, este último copia a ordem do dia, observa a sequência das coisas ordinárias, ainda que tal fidelidade signifique capítulos e mais capítulos de descrição e horas de pesquisa. Deslizamos, assim, para o interior do romance com muito menos esforço e menos ruptura com nossos arredores do que aconteceria com qualquer outra forma de literatura imaginativa. Parecemos continuar a viver, só que em outra casa ou talvez outro país. Nossas afinidades mais habituais e naturais são despertadas com as primeiras palavras; sentimos que elas se expandem e se contraem, de agrado ou desagrado, de esperança ou medo, em cada página. Observamos o caráter e o comportamento de Becky Sharp ou Richard Feverel[3] e instintivamente chegamos a uma opinião sobre como fazemos com pessoas reais, tacitamente aceitando esta ou aquela impressão, julgando cada motivo e formando a opinião de que eles são encantadores mas hipócritas, bons ou obtusos, reservados mas interessantes, à medida que estabelecemos nossa opinião sobre o caráter das pessoas que vimos a conhecer.

Essa envolvente ausência de artifício e a intensidade da emoção que ele é capaz de provocar são de grande vantagem para o romancista, mas são também de grande risco. Pois é inevitável que o leitor, que é convidado a viver nos romances tal como ele vive na vida, continue a se sentir tal como ele se sente na vida. O romance e a vida são postos lado a lado. Queremos felicidade para o personagem de que gostamos, punição para os que nos desagradam. Temos simpatias secretas para os que parecem se assemelhar a nós. É difícil admitir que o livro possa ter mérito se ele afronta nossos amores ou descreve uma vida que nos parece irreal. De novo, estamos intensamente conscientes do caráter do romancista e especulamos sobre sua vida e suas aventuras. Esses padrões pessoais se estendem em toda direção, pois qualquer espécie de preconceito, qualquer espécie de vaidade pode ser rejeitada ou atenuada pelo romancista. De fato, o enorme crescimento do romance psicológico em nossa época tem sido largamente motivado pela crença equivocada, que o leitor tem imposto ao romancista, de que a verdade é sempre boa; até mesmo quando ela é a verdade do psicanalista, e não a verdade da imaginação.

Tais vaidades e emoções por parte do leitor estão perpetuamente forçando o romancista a gratificá-las. E o resultado, embora possa dar ao romance uma vida curta de extremo vigor, é, como sabemos, até mesmo enquanto estamos desfrutando das lágrimas e das risadas e da agitação dessa vida, fatal para sua permanência. Pois a confiabilidade da representação, a frouxidão e a simplicidade de seu método, sua negação do artifício e da convenção, seu imenso poder de imitar a realidade superficial – qualidades, todas elas, que fazem do romance a forma mais popular de literatura – também fazem, até mesmo enquanto o estamos lendo, com que fique envelhecido e definhe em nossas mãos. Alguns dos "grandes romances" do passado, como *Robert Elsmere* ou *A cabana do pai Tomás*, já pereceram, exceto em certos trechos, porque originalmente se apoiavam em muita coisa que tinha virtude e vivacidade apenas para aqueles que viviam no momento em que os livros foram escritos. Tão logo os modos mudam, ou o idioma contemporâneo se altera, uma página atrás da outra, um capítulo atrás do outro se tornam obsoletos e sem vida.

Mas o romancista também está consciente disso e, ao mesmo tempo que usa o poder, que lhe pertence, de suscitar a empatia humana, ele também tenta controlá-la. De fato, o primeiro sinal de que estamos lendo um escritor de mérito é que sentimos esse controle sobre nós em ação. A barreira entre nós e o livro se torna mais alta. Não nos introduzimos tão instintiva e facilmente num mundo que já conhecemos. Sentimos que estamos sendo compelidos a aceitar uma ordem e a dispor os elementos do romance – o homem, a natureza, Deus – de acordo com certas relações a mando do romancista. Ao recapitular os poucos romances que aqui examinamos de relance, podemos ver quão espantosamente nos entregamos, inicialmente, a determinada visão e, depois, a outra, que é seu oposto. Eliminamos um universo inteiro a mando de Defoe; vemos cada folha de grama e cada concha de caracol a mando de Proust. Desde a primeira página percebemos que nossa mente está sendo treinada a ponto de se tornar cada vez mais percipiente à medida que o livro prossegue e o escritor extrai sua concepção da obscuridade. Por fim, o todo é exposto à vista. E então, quando o livro termina, parece que vemos (é estranho o quanto a impressão é visual) alguma coisa circundando-o como a firme rodovia da narrativa de Defoe; ou o vemos perfilado e simétrico com domo e coluna completos, como *Orgulho e preconceito* e *Emma*. Um poder que não é o poder da precisão ou do humor ou do *pathos* é também usado pelos grandes romancistas para dar forma a seu trabalho. À medida que as páginas são viradas, algo é criado que não a história em si. E esse poder, embora acentue e concentre e dê fluência à resistência e à força do romance, de modo que nenhum romance possa sobreviver nem sequer uns poucos anos sem ele, é também um risco. Pois as qualidades mais características do romance – a de que ele registra o vagaroso progresso e desenvolvimento da sensibilidade, de que ele segue muitas vidas e traça suas uniões e seu destino ao longo de um extenso período de tempo – são precisamente as qualidades mais incompatíveis com o planejamento e a ordem. É da essência do estilo, do arranjo, da estrutura nos pôr à distância da vida específica e eliminar suas características; ao passo que é da essência do romance nos pôr em estreito contato com a vida. Os dois poderes entram em conflito quando combinados. O romancista mais completo será aquele que possa equilibrar os dois poderes de modo que um acentue o outro.

Isso parece provar que o romance está, por natureza, predestinado ao compromisso, preso à mediocridade. Seu ramo, pode-se concluir, é o de lidar com as emoções mais comuns porém mais fracas; o de expressar o volume, mas não a essência da vida. Mas qualquer veredito desse tipo deve se basear na suposição de que "o romance" tem certa característica que está agora fixada e não pode ser alterada, de que a "vida" tem certo limite que não pode ser definido. E é precisamente essa conclusão que os romances que estivemos lendo tendem a subverter.

O processo de descoberta segue adiante, perpetuamente. Algo mais da vida está sempre sendo reivindicado e reconhecido. Portanto, fixar a característica do romance, que é a mais jovem e mais vigorosa das artes, neste momento, seria como fixar a característica da poesia no século dezoito e dizer que, uma vez que a *Elegia* de Gray era "poesia", *Don Juan* era inviável. Uma arte praticada por legiões de pessoas, abrigando mentes as mais diversas, está também sujeita a ser fervilhante, volátil, instável. E, por alguma razão que não será aqui examinada, a ficção é o mais hospitaleiro dos anfitriões; a ficção atrai hoje para si escritores que teriam sido ainda ontem poetas, dramaturgos, panfletistas, historiadores. Assim, "o romance", como ainda o chamamos, com tal parcimônia de linguagem, está claramente se dividindo em livros que não têm nada em comum a não ser esse inadequado título. Os romancistas já estão tão apartados que eles mal se comunicam, e para um romancista o trabalho de outro é absoluta e genuinamente ininteligível ou absoluta e genuinamente desprezível.

Entretanto, a prova mais significativa dessa fertilidade é proporcionada por nossa sensação de estarmos sentindo algo que ainda não foi dito; de algum desejo ainda insatisfeito. Uma visão muito geral, muito elementar, desse desejo parece mostrar que ele aponta em duas direções. A vida – é um lugar-comum – está se tornando mais complexa. Nossa autoconsciência está se tornando muito mais alerta e mais bem treinada. Estamos conscientes de relações e sutilezas que ainda não foram exploradas. Dessa escola Proust é o pioneiro, e, sem dúvida, estão ainda por nascer os escritores que levarão a análise de Henry James ainda mais longe, que irão revelar e relatar tramas de sentimento mais refinadas, bem como imaginações mais estranhas e mais obscuras.

Mas também queremos síntese. O romance, estamos de acordo, pode acompanhar a vida; pode juntar detalhes. Mas pode também escolher? Pode simbolizar? Pode nos dar tanto um epítome quanto um inventário? Era uma função como essa que a poesia desempenhava no passado. Mas, seja por um instante ou por algum tempo mais longo, a poesia com seus ritmos, sua dicção poética, seu forte sabor de tradição, está, hoje, demasiadamente longe de nós para fazer por nós o que ela fez por nossos pais. A prosa talvez seja o instrumento mais bem ajustado à complexidade e à dificuldade da vida moderna. E a prosa – temos que repeti-lo – é ainda tão jovem que mal sabemos que poderes ela não pode ainda ocultar em seu interior. Assim, é possível que o romance venha a diferir tão amplamente do romance de Tolstói e de Jane Austen tal como a poesia de Browning e de Byron difere da poesia de Lydgate e de Spencer. No tempo por vir – mas o tempo por vir está muito além de nosso ramo.

Notas

Ensaio originalmente publicado, em três partes, nos meses de abril, maio e junho de 1929, na revista norte-americana *Bookman*, com o título "As fases da ficção". Nele, Virginia percorre a história da literatura de ficção, sobretudo a britânica, com destaque para a forma e o estilo dos autores das diferentes fases em que ela a divide: *The Truth-Tellers* (*Os veristas*), *The Romantics* (*Os românticos*), *The Character-Mongers and Comedians* (*Os mercadores de personagens e os comediógrafos*), *The Psychologists* (*Os psicologistas*), *The Satirists and Fantastics* (*Os satiristas e os fantasiosos*), *The Poets* (*Os poetas*).

Reproduz-se aqui, em tradução, apenas a seção final, "Os poetas", além do último parágrafo da penúltima seção, "Os satiristas e os fantasiosos", para manter a sequência.

[1] Livro de autoria de Laurence Sterne, que Virginia comenta no último parágrafo da seção anterior de "As fases da ficção", "Os satiristas e os fantasiosos".

[2] Isto é, entre o personagem propriamente dito, o Tio Toby, e o autor, Laurence Sterne, que Virginia vê como o personagem central do livro.

[3] Becky Sharp é a protagonista do romance *Vanity Fair* (*A feira das vaidades*), de William Makepeace Thackeray; Richard Feverel é um personagem do romance *The Ordeal of Richard Feverel: A History of Father and Son* (*A provação de Richard Feverel: Uma história de pai e filho*), de George Meredith.

III
Prosas poéticas

As ondas (prelúdios)

O sol ainda não se levantara. O mar era indistinguível do céu, exceto que o mar estava levemente franzido como um pano que tivesse vincos. Gradualmente, à medida que o céu clareava, uma linha escura se estendia no horizonte, separando o mar do céu, e o pano cinzento ganhava barras de traços espessos que se moviam, uma após a outra, por sob a superfície, uma seguindo a outra, uma perseguindo a outra, perpetuamente.

À medida que se aproximava da praia cada barra se erguia, se avolumava, quebrava e estendia um tênue véu de água branca ao longo da areia. A onda fazia uma pausa, e então de novo se elevava, como alguém que dorme e cuja respiração vai e vem inconscientemente. Gradualmente, a barra negra do horizonte tornava-se clara como se o sedimento numa garrafa velha de vinho tivesse se depositado no fundo e deixado o vidro verde. Atrás dela o céu também clareava como se o sedimento branco tivesse se depositado ali, ou como se o braço de uma mulher reclinada sob o horizonte tivesse erguido uma lamparina e barras planas de branco, verde e amarelo tivessem se espalhado pelo céu como as folhas de um leque. Então ela ergueu mais a lamparina, e o ar parecia ter se tornado fibroso e se desprendido da superfície verde, tremeluzindo e flamejando em fibras rubras e amarelas como a chama fumegante que estala de uma fogueira. Gradualmente, as fibras da fogueira ardente se fundiam numa bruma, numa incandescência que levantava a carga do céu cinza e lanoso de cima dela e o transformava num milhão de átomos de um azul suave. A superfície do mar devagarinho se tornava transparente e continuou se encrespando e espumando até as listras escuras terem quase se apagado. Devagarinho o braço que segurava a lamparina ergueu-a mais e depois mais ainda até que uma chama larga se tornou visível; um arco de fogo ardia na linha do horizonte, e por toda parte o mar resplandecia dourado.

 A luz caía sobre as árvores do jardim, tornando uma folha transparente e depois mais outra. Um pássaro chilreou lá no alto; houve uma pausa; um outro chilreou mais abaixo. O sol avivava as paredes da casa, e repousava como a ponta de um leque sobre uma cortina branca, e deixava a marca de um dedo azul de sombra sob a folha ao lado da janela do quarto. A cortina se agitava levemente, mas tudo dentro estava escuro e insubstancial. Lá fora os pássaros entoavam sua pálida melodia.

 O sol se levantava. Ondas azuis, ondas verdes estendiam um leque agitado sobre a praia, rodeando o espigão do cardo-marinho e deixando poças rasas de luz aqui e ali. Uma tênue fímbria negra era o rastro que deixavam à sua passagem. As rochas antes nebulosas e macias tinham endurecido e estavam marcadas de fendas rubras.

Faixas definidas de sombra se estendiam sobre a grama, e o orvalho, dançando no topo das flores e das folhas, fazia o jardim parecer um mosaico de centelhas individuais ainda não formadas num todo. Os pássaros, com o peito sarapintado de amarelo-canário e cor-de-rosa, agora entoavam juntos um acorde ou dois, loucamente, como patinadores foliando de braços dados, e de repente se calavam, separando-se.

O sol assentava lâminas mais largas sobre a casa. A luz tocava alguma coisa verde no canto da janela e fazia dela uma bolota de esmeralda, uma caverna de puro verde, como uma fruta sem caroço. Aguçava as quinas das cadeiras e das mesas e bordava as toalhas brancas com finos fios de ouro. À medida que a luz aumentava, um botão aqui e outro ali explodia e desvelava flores, nervuradas de verde e vibrando, como se o esforço para se abrirem as tivesse feito tremular, e repicando um débil carrilhão ao baterem seu frágil badalo contra suas paredes brancas. Tudo se tornava suavemente amorfo, como se a porcelana do prato fluísse e o aço da faca fosse líquido. Entrementes, o ímpeto das ondas quebrando se abatia com ruídos surdos, feito toras caindo, sobre a praia.

❉

O sol se levantou. Barras de amarelo e verde caíam sobre a praia, dourando as balizas do barco carcomido e fazendo o cardo-marinho e suas encouraçadas folhas luzirem azul como aço. A luz quase atravessava as velozes e tênues ondas à medida que se precipitavam em leque sobre a praia. A garota que sacudira a cabeça e fizera todas as joias, o topázio, a água-marinha, as joias aquareladas cobertas de faíscas de fogo, dançarem, agora descobriu a fronte e com olhos arregalados abriu uma trilha reta por sobre as ondas. A cintilação delas, tremulante e como a de uma cavalinha, se tornava escura; elas se acumulavam; suas cavidades verdes se aprofundavam e escureciam e podiam ser atravessadas por cardumes de peixes errantes. Ao avançarem e recuarem chapinhando, deixavam uma fímbria negra de gravetos e cortiça na praia e palha e estilhas de madeira, como se alguma chalupa leve tivesse afundado e perdido os costados e o marinheiro tivesse nadado até alcançar terra firme e escalado o penhasco e deixado sua frágil carga ir parar na praia.

No jardim os pássaros que na alvorada tinham cantado errática e espasmodicamente em cima daquela árvore, em cima daquele arbusto, agora cantavam em coro, estridentes e ruidosos; ora juntos, como que conscientes de companhia, ora a sós como que para o céu azul-claro. Davam guinadas, em bando, quando o gato negro se mexia por entre os arbustos, quando a cozinheira jogava cinzas no quintal, espantando-os. O medo estava em seu canto, e a apreensão da dor, e o prazer a ser arrebatado rapidamente, agora, neste instante. Também cantavam por emulação no ar límpido da manhã, dando guinadas no alto, por sobre o olmo, cantando juntos, enquanto perseguiam uns aos outros, escapando, perseguindo, bicando-se, enquanto davam voltas no alto. E então cansados da perseguição e fuga, graciosamente vinham descendo, delicadamente vinham baixando, silenciosamente caíam e pousavam na árvore, no muro, com seus olhos brilhantes olhando de relance e a cabeça virada para um lado, para o outro; atentos, alertas; intensamente conscientes de uma coisa, um objeto em particular.

 Talvez fosse a concha de um caracol, erguendo-se na grama como uma catedral gris, uma edificação inflada, marcada a ferro com anéis negros e sombreada de verde pela grama. Ou talvez vissem o esplendor das flores compondo uma luz de um púrpura ondulante sobre os canteiros, ao longo dos quais túneis negros de um tom púrpura eram escavados por entre os talos. Ou fixassem o olhar nas minúsculas e brilhantes folhas da macieira, que, bailando, embora refreadas, reluziam rígidas por entre as inflorescências de pontas rosadas. Ou vissem a gota de chuva sobre a sebe, pendente mas sem escorrer, com uma casa inteira encurvada dentro dela, e olmos grandiosos; ou, olhando direto para o sol, seus olhos virassem contas douradas.

 Agora, olhando para um lado, para o outro, examinavam mais profundamente, por sob as flores, ao longo das avenidas escuras, o mundo sem luz onde a folha apodrece e a flor caíra. Então um deles, arremessando-se esplendidamente, aterrizando precisamente, bicou o corpo macio, monstruoso da indefesa minhoca, deu bicadas e mais bicadas, e abandonou-a à putrefação. Lá embaixo entre as raízes onde as flores apodreciam, lufadas de odores fétidos se elevavam; gotas se formavam nos lados empolados de coisas infladas. A casca das frutas podres rachava e vertia um pus espesso demais para escorrer. Excreções amarelas eram secretadas pelas lesmas, e de quando em quando um corpo amorfo com uma cabeça em cada ponta se balançava lentamente de um lado para o outro. Os pássaros de olhos dourados lançando-se por entre as folhas observavam aquela purulência, aquela umidade, inquisitivos. De vez em quando mergulhavam com ferocidade a ponta do bico na mistura gosmenta.

Agora, também, o sol nascente atingia a janela, tocando a cortina debruada de vermelho, e começava a realçar círculos e linhas. Agora, à luz crescente sua alvura se instalava no prato; a lâmina condensava seu brilho. Cadeiras e guarda-louças avultavam ao fundo de modo que embora estivessem separados pareciam inextricavelmente entrelaçados. O espelho alvejava sua poça sobre a parede. A flor real sobre o peitoril da janela ganhava a companhia de uma flor fantasma. Mas o fantasma era parte da flor, pois quando um botão brotava a flor mais pálida no espelho também abria um botão.

O vento ficava mais forte. As ondas tamborilavam na praia, como guerreiros em turbantes, como homens em turbantes com azagaias envenenadas que, girando os braços no alto, avançam sobre os rebanhos pastando, as ovelhas brancas.

O sol, levantado, não mais reclinado num colchão verde dardejando um olhar intermitente por entre as joias aquosas, desvelava sua face e olhava reto por sobre as ondas. Elas caíam com um estrondo regular. Elas caíam com o impacto de patas de cavalo sobre o gramado. Sua espuma subia como lanças e azagaias por sobre a cabeça de cavaleiros. Elas varriam a praia com uma água azul-metálico e com ponta de diamante.

Elas fluíam e refluíam com a energia, a musculatura de um motor que retrai sua força e a põe de novo em ação. O sol caía sobre os trigais e os bosques. Os rios se tornavam azuis e cheios de pregas, os gramados que desciam até a beira da água tornavam-se verdes como penas de pássaros suavemente eriçando suas plumas. As colinas, curvadas e contidas, pareciam refreadas por correias feito um membro constrangido pelos músculos; e os bosques que se encrespavam altivamente em seus flancos eram como a crina curta, aparada, do pescoço de um cavalo.

No jardim onde as árvores se erguiam densas por sobre os canteiros, os laguinhos e as estufas, os pássaros cantavam sob a ardente luz do sol, cada um por si. Um cantava embaixo da janela do quarto; outro no galho mais alto do pé de lilás; outro ainda na beirada do muro. Cada um cantava estridentemente, com paixão, com veemência, como que para deixar o canto se soltar, pouco importando se perturbava o canto de outro pássaro com sua áspera dissonância. Seus olhos redondos saltavam, brilhantes; seus pés agarravam com força o galho ou a beirada do muro. Cantavam expostos, sem nenhuma proteção, ao vento e ao sol, belos em sua nova plumagem, raiada como concha ou brilhante como malha metálica, aqui listrada de azuis suaves, ali salpicada de dourado, ou riscada por uma pena brilhante. Cantavam como se o canto lhes fosse instigado pela pressão da manhã. Cantavam como se o fio do existir estivesse afiado e devesse cortar, devesse fender a suavidade da luz verde-azulada, a umidade da terra molhada; as emanações e os eflúvios do vapor engordurado da cozinha; o cheiro morno da carne de boi e de carneiro;

a suculência dos doces e das frutas; as cascas e os restos úmidos despejados do balde da cozinha sobre o monte de lixo e dos quais emanava um lento vapor. Sobre tudo que era encharcado, manchado e enrugado pela umidade, eles desciam, os bicos secos, implacáveis, abruptos. Precipitavam-se repentinamente do pé de lilás ou da cerca. Avistavam um caracol e batiam a concha contra uma pedra. Batiam furiosamente, metodicamente, até que a concha se quebrasse e algo viscoso escorresse da rachadura. Lançavam-se e elevavam-se precisamente em bandos no alto do céu, chilreando notas breves, agudas, e pousavam nos ramos mais altos de alguma árvore, e espiavam as folhagens e os campanários lá embaixo, e o campo branco de árvores frutíferas em flor, a grama ondulando, e o mar batendo como um tambor que põe em forma um regimento de soldados emplumados e enrolados em turbantes. De vez em quando seus cantos se combinavam em escalas vivas como os entrelaçamentos de um riacho numa montanha, cujas águas, ao se encontrarem, espumam e depois se misturam, e se precipitam descendo cada vez mais rápido pelo mesmo leito, roçando as mesmas e largas folhas. Mas há um rochedo; elas se separam.

    O sol caía em cunhas agudas dentro do quarto. Tudo que a luz atingia se tornava dotado de uma existência fantasmagórica. Um prato era como um lago branco. Uma faca parecia um punhal de gelo. De repente os copos se mostravam sustentados por estrias de luz. As mesas e as cadeiras subiam à superfície como se tivessem sido mergulhadas na água e subissem, envoltas numa película de vermelho, laranja, púrpura, como a textura aveludada que cobre a casca do fruto maduro.

As estrias no esmalte da porcelana, o veio da madeira, as fibras dos tapetes tornavam-se cada vez mais finamente lavrados. Tudo estava sem sombra. Um jarro estava tão verde que o olho parecia ter sido sugado por sua intensidade através de um funil e ter se grudado a ele como uma lapa. Então as formas adquiriam massa e contorno. Aqui estava o corpo de uma cadeira; ali o volume de um armário. E, à medida que a luz aumentava, flocos de sombra eram impelidos à sua frente e se aglomeravam e pendiam ao fundo em plissados de múltiplas dobras.

O sol se levantara em sua plenitude. Não era mais apenas entrevisto e adivinhado por indícios e vislumbres, como se uma garota reclinada em seu colchão de água verde do mar tivesse a fronte enfeitada com joias de globos de água que disparassem lanças de uma luz tingida de opala que caíam e lampejavam no ar incerto como os flancos de um golfinho saltando ou o clarão de uma lâmina caindo. Agora o sol ardia impiedosa, inegavelmente. Batia na areia firme, e as rochas se transformavam em fornalhas de carvão em brasa; buscava cada poça e surpreendia o vairão escondido nalguma fenda, e revelava a roda enferrujada da carreta, o osso branco, ou a bota sem cordões, preta como carvão, enfiada na areia. Dava a todas as coisas a medida exata de cor; às dunas sua incalculável cintilação, às ervas selvagens seu verde reluzente; ou caía sobre a árida vastidão do deserto, aqui forçado pelo chicote do vento a enveredar pelos sulcos, ali impelido em direção a desolados montes de pedras, acolá sarapintado das raquíticas árvores verde-escuro da selva. Iluminava a lisa e dourada mesquita, as frágeis casas de papelão rosa e branco do vilarejo meridional e as mulheres de cabelo branco e peitos caídos ajoelhadas no leito do rio batendo nas pedras as roupas amarrotadas. Os navios a vapor que avançavam lenta e ruidosamente sobre as águas do mar eram surpreendidos pelo olhar fixo e horizontal do sol, que atravessava os toldos amarelos e caía sobre os passageiros que dormitavam ou passeavam pelo convés, cobrindo os olhos com as mãos em busca da terra, enquanto dia após dia, comprimido em seus palpitantes e oleosos costados, o navio os transportava monotonamente sobre as águas.

O sol batia nos apinhados pináculos das colinas meridionais e refulgia nos profundos pedregosos leitos do rio onde a água escasseava sob a elevada ponte pênsil, de modo que as lavadeiras ajoelhadas em cima das pedras quentes mal conseguiam molhar suas roupas brancas; e as magras mulas pisavam inseguras por entre as trepidantes pedras cinza com seus cestos de vime pendurados por sobre o lombo estreito. Ao meio-dia o calor do sol deixava as colinas cinzentas como se elas tivessem sido raspadas e chamuscadas numa explosão, enquanto, mais para o norte, em regiões mais nubladas e chuvosas, as colinas convertidas em placas como que aplainadas pelas costas de uma pá tinham no interior uma luz como se um zelador, em suas entranhas, fosse de aposento em aposento carregando uma lâmpada verde. Atravessando os átomos de ar azul-cinzento o sol batia nos campos ingleses e iluminava os pântanos e as poças, uma gaivota azul em cima dum mourão, o lento velejar das sombras por sobre os bosques de copas achatadas e o trigo novo e os ondulantes campos de feno. Batia no muro do pomar, e cada fenda e cada grão do tijolo ficava revestido de prata, de púrpura, de rubro, como se fosse macio ao toque, como se tocado devesse se derreter em grãos abrasados de pó. As groselhas pendiam do muro em ondas e cascatas de um vermelho reluzente; as ameixeiras inflavam suas folhas, e todas as lâminas da grama se fundiam numa única e fluida labareda verde. A sombra das árvores se reduzia a uma poça escura junto à raiz. A luz, descendo em torrentes, dissolvia a folhagem dispersa num só montículo verde.

Os pássaros cantavam canções apaixonadas, endereçadas a um único ouvido, e então paravam. Chilreando e pipilando, levavam pedacinhos de palha e graveto para os nós escuros dos ramos mais altos das árvores. Dourados e purpurados, empoleiravam-se no jardim onde cachos de laburno e lilás balançavam coloridos de ouro e púrpura, pois agora ao meio-dia o jardim era todo florescência e profusão e até os túneis por sob as plantas se tornavam verde e púrpura e trigueiro à medida que o sol passava através da pétala vermelha, ou da larga pétala amarela, ou era obstruído por algum talo verde densamente peludo.

O sol batia direto na casa, fazendo reluzirem as paredes brancas entre as janelas escuras. As vidraças, densamente tecidas com ramos verdes, abrigavam círculos de uma escuridão impenetrável. Aguçadas arestas de luz se assentavam no peitoril da janela e revelavam dentro do aposento pratos de bordas azuis, xícaras com asas curvadas, o bojo de uma tigela grande, o padrão entrecruzado do tapete e os formidáveis cantos e contornos dos armários e das estantes de livros. Por detrás desse conglomerado pendia uma zona de sombra na qual podia haver mais uma forma a ser desembaraçada da sombra ou abismos ainda mais densos de escuridão.

 As ondas quebravam e rapidamente estendiam suas águas sobre a praia. Uma após a outra se avolumavam e caíam; a espuma se jogava de volta com a energia da queda. As ondas estavam impregnadas de um azul profundo exceto por um padrão de luz em forma de diamante no dorso que se encrespava tal como se encrespam os músculos do lombo dos cavalos grandes ao se moverem. As ondas caíam; recolhiam-se e caíam novamente, como o estrondo de uma grande besta pateando o chão.

✺

 O sol não estava mais no meio do céu. Sua luz se enviesava, caindo obliquamente. Aqui se enredava na borda de uma nuvem e a inflamava, fazendo dela uma fatia de luz, uma ilha ardente na qual nenhum pé poderia se apoiar. Então outra nuvem se enredava na luz e outra e outra mais, de modo que embaixo as ondas eram transpassadas por flamejantes dardos emplumados que disparavam erraticamente pelo meio do azul tremulante.

 As folhas mais altas da árvore se encrespavam sob o sol. Elas farfalhavam rígidas à eventual brisa. Os pássaros empoleiravam-se calmos a não ser pelo fato de que jogavam bruscamente a cabeça de um lado para o outro. Agora interrompiam seu canto como se estivessem fartos de som, como se estivessem empanturrados da abundância do meio-dia. A libélula pousava imóvel num junco e então, cortando o ar, arremessava seu bordado azul para mais longe. O zumbido longínquo parecia, a distância, feito do intermitente frêmito de asas delicadas numa dança de sobe e desce sobre o horizonte. A água do rio mantinha agora os juncos firmes como se um vidro tivesse se fixado à sua volta; e então o vidro cedia e os juncos se envergavam. Meditando, cabeça baixa, os bois se estendiam pelos campos e pesadamente moviam uma pata e depois a outra. No balde próximo da casa a torneira parou de pingar como se o balde estivesse cheio, e então a torneira pingou uma, duas, três gotas, uma depois da outra.

As janelas exibiam erraticamente salpicos de fogo ardente, o cotovelo de um ramo, e então algum espaço tranquilo de pura claridade. A persiana pendia, rubra, no canto da janela, e dentro do quarto adagas de luz caíam sobre as cadeiras e as mesas, abrindo fissuras ao longo da laca e do verniz. O vaso verde se abaulava enormemente, junto com a janela branca que se alongava ao seu lado. A luz, empurrando a escuridão à sua frente, se derramava profusamente nos cantos e nas saliências; e contudo empilhava a escuridão em montículos de forma indefinida.

As ondas se amontoavam, dobravam o dorso e quebravam. Seixos e cascalho espirravam para o alto. Elas se lançavam à volta das rochas, e a espuma, saltando alto, salpicava as paredes de uma gruta que antes estava seca, e deixava poças no interior, onde algum peixe perdido sacudia o rabo enquanto a onda recuava.

O sol agora declinara mais no céu. As ilhas de nuvem tinham adquirido densidade e passavam pela frente do sol de modo que as rochas de repente ficavam negras, e o tremulante cardo-marinho perdia seu azul e virava prata, e as sombras se enfunavam feito panos cinza sobre o mar. As ondas não visitavam mais as poças distantes nem chegavam à linha preta pontilhada que se estendia irregularmente traçada sobre a praia. A areia era de um branco perolado, lisa e reluzente.

Os pássaros mergulhavam e circulavam alto no ar. Alguns se precipitavam nos sulcos do vento e mudavam de direção fatiando-os transversalmente como se fossem um único corpo fracionado em mil tiras. Os pássaros caíam como uma rede aterrizando na copa das árvores. Aqui um pássaro tomando sozinho seu rumo bateu asas em direção ao charco e pousou solitário num mourão branco, abrindo e fechando as asas.

No jardim algumas pétalas tinham caído. Elas se estendiam em forma de concha sobre a terra. A folha morta não se sustentava mais sobre sua borda, mas tinha sido soprada, ora rolando, ora parando, na direção de algum caule. A mesma onda de luz passava pelo meio de todas as flores, com repentina pompa e circunstância, como uma barbatana que fendesse o espelho verde de um lago. De vez em quando alguma rajada rasa e magistral de vento levantava e assentava as inumeráveis folhas, e então, à medida que o vento enfraquecia, cada folha recobrava sua identidade. As flores, inflamando seus brilhantes discos sob o sol, se desviavam de sua luz quando o vento as sacudia, e então algumas corolas pesadas demais para se reerguerem se curvavam levemente.

O sol da tarde aquecia os campos, despejava azul nas sombras e avermelhava o trigo. Um lustre intenso se assentava como laca sobre os campos. Uma carroça, um cavalo, um bando de gralhas – qualquer coisa que se movesse ficava envolta em ouro. Se uma vaca movesse uma perna ela provocava ondulações de ouro rubro, e seus chifres pareciam raiados de luz. Tufos loiros de trigo espalhavam-se por sobre as sebes, varridos das carroças felpudas que vinham das campinas arriadas e parecendo primevas. As nuvens de cume redondo nunca se encolhiam ao rolarem pelo céu, conservando cada átomo de sua rotundidade. Agora, enquanto passavam, capturavam um vilarejo inteiro no arremesso de sua rede e, tendo passado, deixavam-no novamente livre. Muito longe no horizonte, por entre os milhões de grãos de poeira cinza-azulado, ardia uma vidraça, ou se erguia a linha solitária de um campanário ou de uma árvore.

As cortinas vermelhas e as persianas brancas se enfunavam e se desenfunavam, batendo contra o canto da janela, e a luz que entrava desigualmente, conforme a batida e a amplitude da ondulação, carregava algum matiz marrom e algum abandono enquanto penetrava em lufadas pelas cortinas ondulantes. Aqui acastanhava um armário, ali avermelhava uma cadeira, acolá fazia a janela oscilar ao lado do jarro verde.

Por um instante tudo tremeluziu e se dobrou incerta e ambiguamente, como se uma grande mariposa planando pela sala tivesse sombreado a imensa solidez das mesas e cadeiras com asas vacilantes.

O sol declinava. A rocha dura do dia estava rachada, e a luz jorrava por entre suas estilhas. Vermelho e ouro disparavam através das ondas, em flechas correndo ligeiras, emplumadas de escuridão. Erraticamente, raios de luz faiscavam e serpenteavam, como sinais vindos de ilhas submersas, ou como dardos arremessados por entre bosques de loureiro por garotos impudentes, travessos. Mas as ondas, à medida que se aproximavam da praia, estavam privadas de luz, e caíam num só e longo baque, como uma parede caindo, uma parede de pedra cinza, impérvia a qualquer frincha de luz.

Uma brisa se levantava; um arrepio passava por entre as folhas; e assim estremecidas, elas perdiam sua densidade castanha e se tornavam cinza ou brancas à medida que a árvore deslocava sua massa, tremulava e perdia sua uniformidade de abóbada. O falcão equilibrado no ramo mais alto bateu as pálpebras e subiu e planou e voou para bem longe. A tarambola selvagem gritava nos brejos, fugindo, dando voltas e gritando mais longe, só. A fumaça dos trens e das chaminés se espalhava e se rompia e se tornava parte do felpudo dossel que pendia sobre o mar e os campos.

Agora o trigo fora ceifado. Agora apenas um restolho rígido era o que sobrava de todo seu ondular e balanço. Lentamente, uma coruja enorme se lançou do olmo e oscilou e se elevou, como que sobre uma linha que tivesse baixado, ao alto do cedro. Sobre as colinas, as vagarosas sombras, ao passarem por cima, ora se alargavam, ora se encolhiam. A poça no topo do matagal jazia imperturbável. Nenhum rosto peludo se mirava ali, nenhum casco chapinhava ali, nenhum focinho encalorado fervilhava na água. Um pássaro, empoleirado num graveto cinzento, bebericava um bico inteiro de água fria. Não havia nenhum som de colheita e nenhum som de rodas, mas apenas o repentino uivo do vento deixando suas velas se inflarem e varrendo o topo das gramas. Um osso se estendia no chão escavado pela chuva e alvejado pelo sol até reluzir como um graveto que o mar polira. A árvore, que tinha se inflamado de um castanho avermelhado na primavera e em pleno verão tinha curvado suas flexíveis folhas na direção do vento sul, estava agora preta como ferro, e igualmente nua.

A terra firme estava tão distante que nenhum telhado brilhante ou janela reluzente podiam mais ser vistos. O tremendo peso da terra escurecida tinha engolfado obstáculos tão frágeis quanto esses, empecilhos tão frágeis quanto conchas de caracol como esses. Agora havia apenas a sombra líquida da nuvem, o açoite da chuva, uma única lança dardejante de luz solar ou o repentino golpe da tempestade. Árvores solitárias marcavam, feito obeliscos, as colinas longínquas.

O sol do entardecer, cujo calor se dissipara e cujo foco de intensidade abrasadora se difundira, tornava as poltronas e mesas mais suaves, engastando-as com losangos de castanho e amarelo. Listradas de sombras, seu peso parecia mais imponente, como se a cor, inclinada, tivesse escorrido para um dos lados. Aqui estavam faca, garfo e cálice, mas alongados, intumescidos e parecendo portentosos. Marginado por um círculo dourado, o espelho mantinha a cena imóvel, como que sempiterna, aos seus olhos.

Entrementes, as sombras se alongavam sobre a praia; a escuridão se aprofundava. A bota, preta como carvão, se transformou numa poça de um azul profundo. As rochas perdiam sua dureza. A água em volta do barco velho estava escura como se mexilhões tivessem sido embebidos nela. A espuma empalidecera e deixara aqui e ali um clarão branco de pérola sobre a areia nebulosa.

❀

Agora o sol declinara. Céu e mar eram indistinguíveis. As ondas quebrando estendiam seus leques brancos longe sobre a praia, lançavam sombras brancas aos recantos das grutas sonoras e então recuavam, suspirando por cima dos seixos.

A árvore sacudia os ramos, e um punhado de folhas caía no chão. Ali se acomodavam com perfeita compostura no ponto exato em que aguardariam sua dissolução. Negro e cinza eram arremessados no jardim de dentro do vaso quebrado que uma vez contivera luz vermelha. Sombras escuras enegreciam os túneis por entre os caules das plantas. O tordo estava silencioso, e a minhoca se fazia sugar de volta a seu estreito buraco. De vez em quando uma palha embranquecida e oca era soprada de um ninho velho e caía na grama escura por entre as maçãs podres. A luz se esvaíra da parede do paiol das ferramentas e a pele de cobra pendia oca do prego. Todas as cores do quarto tinham transbordado de suas margens. A pincelada precisa estava inflada e torta; os armários e as cadeiras fundiam suas massas marrons numa só e imensa obscuridade. No espaço entre o chão e o teto se estendiam vastas cortinas de uma escuridão tremulante. O espelho estava pálido como a entrada de uma caverna sombreada por trepadeiras pendentes.

A substância se esvaíra da solidez das colinas. Luzes itinerantes cravavam uma cunha emplumada entre estradas invisíveis e submersas, mas nenhuma luz despontava por entre as asas dobradas das colinas, e não havia nenhum som a não ser o grito de um pássaro buscando alguma árvore mais solitária. Na beira do penhasco havia o murmúrio inalterável do ar que varrera as florestas, da água que fora esfriada nas mil cavidades vítreas do mar aberto.

Como se houvesse ondas de escuridão no ar, a escuridão avançava, cobrindo casas, colinas, árvores, feito as ondas de água que banham os costados de um navio submerso. A escuridão banhava as ruas, rodopiando em torno de figuras solitárias, engolindo-as; obscurecendo casais enlaçados sob a escuridão torrencial dos olmos em ramada de pleno verão. A escuridão revolvia suas ondas ao longo de trilhas cobertas de vegetação e sobre a pele enrugada do gramado, envolvendo a espinhosa árvore solitária e as conchas de caracol vazias ao seu pé. Subindo mais, a escuridão soprava ao longo das encostas nuas dos planaltos e encontrava os picos corroídos e desgastados da montanha nos quais a neve se aloja para sempre na rocha dura até mesmo quando os vales estão cheios de águas correntes e folhas de videira amareladas, e as moças, sentadas nas varandas, erguem os olhos em direção à neve, protegendo o rosto com o leque. Elas, também, a escuridão as cobria.

Nota

Reproduzo aqui o texto dos interlúdios que antecedem as nove seções em que se divide o livro *As ondas* (Autêntica, 2021). Ali, na seção "Para ler as *Ondas*" (p. 236-237), eu dizia:

"Nos interlúdios, uma voz narrativa descreve, de forma poética e metafórica, as posições sucessivas do sol ao longo do dia, o movimento das ondas e as mudanças de estação ao longo do ano, que se ligam, implicitamente, à vida dos seis personagens (Bernard, Jinny, Louis, Neville, Rhoda, Susan). Também são descritas, nesses interlúdios, as mudanças causadas pelas forças naturais no comportamento dos pássaros, no desenvolvimento das plantas e na aparência de elementos de construção humana (uma casa, com suas janelas e cortinas, seus móveis e outros objetos; um jardim, com suas plantas, caracóis, lesmas)".

O tempo passa

I

Escurecia. Nuvens cobriam a lua; uma chuva fina tamborilava no telhado nas primeiras horas da manhã, e a luz das estrelas e a luz da lua e toda a luz do céu e da terra se apagara. Nada podia sobreviver ao dilúvio, ao derramamento, à tromba d'água de imensa escuridão que, insinuando-se pelos buracos das fechaduras e pelas frestas, metia-se pelas venezianas, atingia os quartos e engolia, aqui um jarro e uma bacia, ali um vaso com dálias rubras e amarelas, acolá as agudas quinas e o sólido corpo de uma cômoda. Não era só a mobília que se desintegrava; não restava quase nada de mente ou corpo pelo qual se pudesse dizer "isto é ele" ou "isto é ela"; mas dos muitos corpos que jaziam dormindo, quer nas rígidas posições dos velhos passivamente dobrados nas dobras da cama, quer descontraidamente deitados, quase descobertos, feito crianças, como se uma nuvem tivesse lentamente se curvado sob eles, erguiam-se, para irromperem prateados na superfície, pensamentos, sonhos, impulsos, sobre os quais os adormecidos, de dia, nada sabiam. Ora uma mão se erguia como que para segurar alguma coisa ou talvez para se defender de alguma coisa; ora a angústia, que está proibida de gritar por consolo, apartava os lábios dos adormecidos; de quando em quando alguém se ria às gargalhadas, como que compartilhando uma anedota com o nada.

    Parecia quase como se devesse haver confidentes espectrais à volta, comparsas, consoladores, que, inclinados à beira do leito, gravemente entesouravam e engolfavam nas dobras de seus casacos, em seus compassivos corações, o que era murmurado e lastimado, aceitavam e compreendiam aquelas mudanças, da tortura à calma, do ódio à indiferença, que vinham e iam embora e retornavam aos rostos dos adormecidos. Parecia, ao menos, como se cada um buscasse e encontrasse, parado ao pé de seu leito, o comparsa de seus atos, a contraparte de seus pensamentos, encontrasse no sono uma completude que lhe era negada de dia, e àquele se lamentava e àquele fazia confidências e risse o riso selvagem e insensato que, tivessem os despertos escutado, lhes teria causado espanto. A cada um o seu comparsa, a cada pensamento a sua resposta, e, nesse conhecimento, satisfação – podia ser isso. Podia ser que, sonhando e dormindo, cada um se livrasse da carga e do incômodo da carne e deixasse a casa e palmilhasse a praia e perguntasse à onda e ao céu: isso é tudo, a mobília de quinas agudas, e a flor; isso é tudo, o dia; é nossa obrigação para com o dia?

    As ondas quebrando pareciam a noite jogando a cabeça para trás e deixando, desesperadamente, cair a sua escuridão, e meditando e pranteando como se lamentasse a fatalidade que afogava a terra e extinguia suas luzes e de todos os navios e vilarejos nada deixava restar. A onda varre a praia; a noite pranteia o infortúnio humano; a beleza do mar consola; assim o vento pode ter respondido aos adormecidos, aos sonhadores que palmilhavam a areia perguntando: Por que nos embrulhar na beleza do mar, por que nos consolar com o lamento das ondas quebrando, se, em verdade, tecemos essa roupa por puro terror, urdimos essa vestimenta para nada?

II

    Entrementes, nada se mexia na sala de visitas, ou na sala de jantar, ou na escadaria. Apenas, através das dobradiças enferrujadas e do madeirame inchado pela umidade marítima, certos ares, apartados do corpo do vento, insinuavam-se pelos cantos e aventuravam-se casa adentro. Quase se podia imaginá-los perguntando, querendo saber, enquanto testavam, delicadamente, as pontas do papel de parede descolado – iria ele, pareciam perguntar, se sustentar por muito mais tempo; quando iria cair? Depois, suavemente varrendo as paredes, passavam adiante, meditativamente, como se perguntando às flores rubras e amarelas do papel de parede se elas iriam desbotar, e interrogando (calmamente – tinham tempo de sobra) as cartas rasgadas na cesta de lixo de papéis, as flores, os livros, todos os quais estavam agora abertos para eles, em comunhão com eles, e suavemente iluminados, de quando em quando, por um raio vindo do farol. Vagando assim pelos quartos e atingindo a cozinha, eles pararam para fazer, à mesa e às caçarolas de cabo de prata ordenadamente enfileiradas na prateleira, a mesma pergunta; por quanto tempo *elas* aguentariam, de que natureza eram elas? Eram elas feitas de vento e chuva, aliadas com as quais, na escuridão, vento e chuva podiam comungar? Resistiriam elas? O tempo mostraria.

Assim, a luz servindo-lhes de guia, com suas pálidas passadas, pelos degraus da entrada, pelo capacho, pela parede, os pequenos ares passavam, paravam, subiam as escadas, farejavam as portas dos quartos. Aqui, podia-se pensar, eles seguramente deviam se deter. Não importando o que mais possa perecer e desaparecer, o que repousa aqui é inabalável. Aqui, podia-se dizer a essas deslizantes luzes sobre o teto, a esses cinzentos ares da meia-noite que se inclinam até mesmo sobre o leito, aqui vocês não podem tocar nem destruir. Diante do quê, cansadamente, espectralmente, como se tivessem dedos da leveza da pluma e a leve persistência da pluma, eles contemplariam, uma única vez, os olhos fechados e as mãos frouxamente entrelaçadas, e dobrariam as vestimentas deles, cansadamente, e desapareceriam.

Retiraram-se agora (mas, afinal, logo seria inverno) para a janela junto à escadaria, que eles roçaram e tatearam; sacudiram uma lamparina errante, no andar de cima, no quarto dos criados, por entre baús nos sótãos; desceram para agitar os sobretudos fora da sala de jantar; para meditar por entre as maçãs sobre a mesa, para descorar seu vermelho e mordiscar sua firmeza – como se poderia tirar-lhes o brilho? – depois chegaram às rosas no vaso e tentaram, ali também, com sua vápida inabilidade, descobrir como uma pétala podia ser separada da outra, como o caule podia ser intumescido, a palidez, tingida, puseram à prova o quadro sobre o cavalete e varreram o capacho e sopraram um resto de areia do assoalho.

Por último, desistindo, como espiões chamados de volta ao quartel-general, se reuniram no meio do vestíbulo. Pararam todos juntos; suspiraram todos juntos;

deixaram todos juntos escapar uma inútil rajada de lamentação à qual alguma porta na cozinha replicou; abriu-se de par em par; não deixou entrar nada; bateu com força. Fez-se silêncio.

Então, como se para revigorar os declinantes poderes de destruição, espalharam as vestimentas deles, se levantaram e o vento se levantou e as ondas se levantaram e pela casa inteira levantou-se uma sombria onda de fatalidade que se encrespou e tombou ruidosamente e a terra toda parecia desmoronar e ser arrastada pelas águas.

III

Mas o que é, afinal, uma noite? Um curto espaço, especialmente quando a escuridão diminui tão cedo, e tão cedo um pássaro chilreia, um galo canta ou um verde desmaiado se aviva, como uma folha revirada no oco de uma onda. A noite, entretanto, sucede à noite. O inverno guarda uma boa safra delas em estoque e as distribui igualmente, imparcialmente, com dedos infatigáveis. Elas aumentam; elas escurecem. Algumas delas mantêm no alto planetas límpidos, placas de luminosidade. As árvores outonais, devastadas como estão, trajam o clarão de bandeiras esfarrapadas ardendo na escuridão dos frios porões de catedrais onde letras douradas e páginas de mármore descrevem a morte na batalha e contam como, muito longe, os ossos desbotam-se e queimam nas areias indianas. As árvores outonais cintilam à luz amarela do luar, à luz das luas de colheita,[1] a luz que suaviza a energia do trabalho, e amacia o restolho, e traz a onda batendo toda azul na praia.

Parecia agora como se, tocada pela penitência humana e toda sua labuta, a bondade divina tivesse corrido a cortina e exibido, atrás dela, únicos, distintos, a lebre à espreita, a onda quebrando, o barco ondulando, os quais, se os merecêssemos, deveriam ser sempre nossos. Mas, ai – a bondade divina, puxando o cordão, cerra a cortina; isso não lhe agrada; ela cobre os seus tesouros sob uma enxurrada de granizo, e de tal forma os rompe, de tal forma os desintegra que parece impossível que sua calma algum dia retorne, ou que de seus fragmentos possamos, algum dia, recompor o todo, a verdade. Pois nossa penitência merece um vislumbre apenas, nossa labuta, uma pausa apenas.

As noites estão agora cheias de vento e destruição; as árvores cedem e se curvam, e suas defloradas folhas voam a torto e a direito até cobrirem todo o gramado e acabarem aos montes nas bocas de lobo e entupirem os bueiros e inundarem as úmidas trilhas. O mar também se agita e rebenta, e caso alguma alma fugida, algum adormecido, imaginando que, no sono, pegou a mão de um comparsa, caminhe pela beira do mar, nenhuma imagem com divina presteza e ar de ajuda acorre prontamente para trazer a noite à ordem e fazer o mar refletir a bússola da alma. Ele pode palmilhar continuamente a praia da meia-noite, mas a mão encolhe-se em sua mão; a voz grita em seu ouvido. É quase inútil, se poderia pensar, fazer à noite, nessa confusão, estas perguntas: o quê, por quê? que tiraram o adormecido de seus sonhos, e o fizeram sair correndo em direção às ondas, para buscar, parecia, um consolador.

Agora, outra vez, por estar o outono bem adiantado, era possível atacar a casa. Todas as camas estavam vazias;

os ares extraviados, espiões, guarda-avançada de grandes exércitos, roçavam colchões nus e, à medida que beliscavam e molhavam e sopravam por todos os lados, não encontravam nada que lhes resistisse inteiramente, mas apenas tapeçaria pendurada que ficava batendo, madeira que rangia, os pés nus das mesas, caçarolas e porcelanas já encrostadas, manchadas, partidas. Aquelas coisas que as pessoas tinham tirado e deixado para trás – um par de sapatos, um boné de caça, algumas camisas desbotadas e casacos em guarda-roupas – apenas essas conservavam a forma humana e no vazio indicavam como outrora estiveram recheadas e animadas; como outrora as mãos estiveram ocupadas com ganchos e botões; como outrora o espelho estampara um rosto, inclinado, olhando; estampara um mundo cavado no qual uma figura se virava, uma mão gesticulava, a porta se abria, crianças entravam; correndo e caindo; saíam de novo. Agora, dia após dia, a luz voltava, como uma flor refletida na água, sua imagem nítida sobre a parede oposta. Apenas as sombras das árvores, florescendo ao vento, faziam reverência sobre a parede e, por um instante, ensombrecia a poça em que a luz se refletia; ou os pássaros, voando, faziam uma suave mancha adejar ao longo do assoalho do quarto.

Assim, a beleza reinava e a quietude reinava e juntas compunham a forma da beleza mesma, uma forma da qual a vida se retirara; solitária como uma poça de tardezinha, muito longe, vista de uma janela de trem, desaparecendo tão ligeiro que a poça, pálida na tardezinha, mal e mal é subtraída de sua solidão, apesar de ter sido vista uma vez. A quietude e a beleza apertaram-se as mãos no quarto; entre os jarros com suas mortalhas e as cadeiras revestidas, nem mesmo a prece do vento, o delicado nariz dos úmidos ares marinhos, roçando, farejando, iterando e reiterando suas perguntas – "Irão vocês extinguir-se? Irão vocês perecer?" – conseguem perturbar esta paz, esta indiferença, este ar de integridade, em que não há qualquer acordo, em que a verdade estava descoberta, como se a pergunta que faziam não precisasse de nenhuma resposta: nós permanecemos.

Nada parecia conseguir quebrar esta imagem, corromper esta inocência, ou perturbar o oscilante manto de silêncio que, semana após semana, na sala vazia, tecia em si mesmo os gorjeios cadentes dos pássaros, os navios apitando, o zumbido e o zunzum dos campos, o uivo de um cão, o grito de um homem, e os drapeava em volta da casa em silêncio. Apenas uma vez uma tábua saltou no patamar; apenas uma vez no meio da noite, com um estrondo, com um rasgão, tal como após séculos de repouso uma rocha se desprende da montanha e cai ruidosamente no vale, uma dobra do xale se afrouxou e ficou balançando. Então a paz voltou a descer; e a sombra tremulou; a luz curvou-se em adoração à sua própria imagem sobre a parede do dormitório e, demorando-se, misturou-se ao luar e à água e ao silêncio.

De repente, rasgando o véu de silêncio com mãos acostumadas à tina de lavar roupas, triturando-o com botinas que haviam esmagado o cascalho, a velha sra. McNab chegou, tal como fora instruída, para abrir todas as janelas e espanar os quartos.

IV

Enquanto capengava (pois ela balançava como um navio no mar) e olhava atravessado (pois seus olhos não olhavam diretamente para nada, mas com um olhar de esguelha que desaprovava o desdém e a raiva do mundo – ela era estúpida, ela sabia), enquanto segurava os corrimões e se erguia escada acima e balançava de quarto em quarto, ela cantava. Roçando o vidro do longo espelho e olhando de esguelha para sua ondulante imagem, um som saía-lhe dos lábios – algo que fora, talvez, divertido no palco há vinte anos, que fora cantarolado e dançado, mas agora, vindo da zeladora desdentada e entoucada, era destituído de sentido, era como a voz da estupidez, do risível, da própria persistência, recalcada mas surgindo novamente, de maneira que, enquanto capengava, espanando, enxugando, ela parecia dizer como era uma longa lida e labuta, como era só levantar-se e ir para a cama de novo, e tirar as coisas e guardá-las de novo. Não era fácil ou agradável este mundo que ela conhecera havia quase oitenta anos. Envergada de cansaço era como estava. Por quanto tempo, perguntou ela, ringindo e resmungando, ajoelhada sob a cama, espanando as tábuas, por quanto tempo isso vai durar? mas a grande custo pôs-se em pé, ajeitou-se e, novamente, com o olhar de esguelha que fugia e se afastava até do próprio rosto, e das próprias desgraças, postou-se boquiaberta diante do espelho, na verdade sorrindo, e recomeçou o velho andar arrastado e capenga (levantando capachos, depositando porcelanas), encostando o ossudo peito contra o áspero espinho[2] e concedendo, enquanto endireitava a cadeira junto ao toucador, seu perdão a tudo isso.

    Era então que ela tinha seus consolos, quando, com a brisa vinda do oeste e as nuvens brancas sob o sol, ela ficava à porta de sua cabana? Por qual razão enlaçava-se em torno de seu canto fúnebre essa incorrigível esperança? e por que, com nenhuma dádiva para dar e nenhuma dádiva para receber, preferia ela ainda viver; cantando, espanando? Havia, então, para a sra. McNab, que fora pisoteada na lama por gerações, que tinha servido de capacho para reis e cáiseres, momentos de iluminação, visões de prazer, no banho na tina, por exemplo, com os filhos? (Mas dois eram bastardos e um a abandonara.) No bar, bebendo? Revirando quinquilharias nas suas gavetas? Alguma greta na escuridão devia ter havido, algum canal nas profundezas de obscuridade através do qual jorrasse luz suficiente para distorcer-lhe o rosto, sorrindo no espelho, e fazê-la, voltando ao serviço, balbuciar a velha canção de espetáculo de variedades.

Palmilhando a praia, o místico, o visionário eram possuídos, talvez, por intervalos de compreensão; de repente, inesperadamente, observando uma pedra, remexendo uma poça com um graveto, ouviam uma resposta absoluta, de maneira que se aqueciam em meio à geada e se confortavam em meio ao deserto. A verdade lhes tinha sido revelada. Mas a sra. McNab não era nenhum desses. Ela não era nenhuma amante de esqueletos, que voluntariamente entrega e abstrai e reduz a multiplicidade do mundo à unidade, e seu volume e angústia a uma única voz, flauteando clara e docemente uma mensagem indubitável. A mente inspirada, elevada, pode palmilhar a praia, ouvir, na calmaria da tempestade, uma voz, contemplar, nalguma serena clareira, uma visão, e assim montar o púlpito e tornar público como é simples, como é certo nosso dever, nossa esperança; nós somos uno. A sra. McNab continuava a beber e a tagarelar como antes. Era quase desdentada; tinha dores em todos os membros. Nunca tornava públicas suas razões para abrir janelas e espanar dormitórios, e para cantar, quando sua voz se fora, sua velha e tola canção. Sua mensagem para um mundo que começava agora a irromper na voluntária e irreprimível beleza da primavera era transmitida pelo desamparo de seu corpo e por seu sorriso atravessado, e neles, não menos que no balido do cordeiro e no botão da prímula, estavam as sílabas quebradas de uma revelação mais confusa, mas mais profunda (se fosse possível lê-la), do que qualquer outra transmitida a contempladores solitários, palmilhando a praia à noite, e recebendo, enquanto remexiam a poça, revelações de um tipo extraordinário.

V

Pois, para eles, à medida que as tardes se alongavam, chegavam as mais estranhas imaginações, os mais autênticos sinais, ao pôr do sol, nas tardinhas enluaradas, quando parecia que eram içados de sua carne e essa carne se convertia em átomos que se precipitavam diante do vento, e eles precisavam voar, com os braços estendidos e os cabelos ondulando, em direção ao selvagem e brilhante ocidente ou às cintilantes estrelas ou às cadentes ondas. Pois era como se as ondas viessem neles quebrar; como se as estrelas cintilassem em seus corações; e a força das árvores, a nobreza das falésias, a majestade das nuvens fossem assim reunidas de propósito para juntar as partes dispersas da visão que tinham dentro deles.

Por uma semana talvez, perto do fim de maio, essa unidade persistiu. A primavera, sem uma folha para agitar, nua e clara, como uma virgem feroz em sua castidade, desdenhosa em sua pureza, se estendia pelos campos, olhos arregalados e atenta, inteiramente indiferente ao que era feito ou pensado pelos contempladores. Entretanto, nesses espelhos, as mentes dos homens, nessas poças de águas turvas, nas quais nuvens sempre passam e sombras se formam, os sonhos persistiam, e era impossível resistir à estranha intimação que cada gaivota, flor, árvore e até a alva terra pareciam tornar pública (mas imediatamente revogar, se perguntadas) para que o bem triunfasse, a felicidade prevalecesse, a ordem reinasse, ou resistir ao extraordinário convite a andar de um lado para o outro em busca de algum bem absoluto, de algum cristal de intensidade, distante dos prazeres conhecidos e das virtudes familiares, algo alheio aos processos da vida doméstica, único, duro, brilhante, como um diamante na areia, que tornaria o possuidor seguro. Além disso, dócil e aquiescente, a primavera, com suas abelhas zumbindo e seus mosquitos dançando, jogava seu manto sobre si, e velava os olhos e desviava a cabeça e, entre sombras passageiras e pancadas de chuva miúda, parecia ter se arrogado o conhecimento dos infortúnios da humanidade.

Neste calor, o vento enviou de novo seus espiões à casa. As moscas trançavam uma rede nos quartos ensolarados; as ervas daninhas que tinham crescido junto à vidraça batiam metodicamente, à noite, na janela. Quando a escuridão caía, o clarão do farol, que nas noites escuras se estendia com autoridade sobre os tapetes, traçando seu desenho, vinha agora misturado ao luar, deslizando suave e furtivamente como se depositasse sua carícia e se demorasse e olhasse e amorosamente viesse outra vez. Mas na própria calmaria dessa amorosa carícia, enquanto o longo clarão se inclinava sobre o leito, o rochedo se partia; uma outra dobra do xale se afrouxava; ali pendia e balançava. Ao longo das curtas noites de verão e dos longos dias de verão, quando os quartos pareciam murmurar com os ecos dos campos e o zumbido das moscas, a longa bandeirola ondulava suavemente, balançava inutilmente; enquanto o sol riscava e estriava os quartos e os enchia de uma névoa amarela de maneira tal que a sra. McNab, quando irrompia e capengava de um lado para o outro, parecia um peixe tropical que abria caminho nadando por águas atravessadas pelos golpes de lança do sol.

Mas por mais que ela dormitasse e dormisse, chegaram, no fim do verão, sons agourentos, como as batidas marcadas de martelos amortecidas pelo feltro, que com seus repetidos choques afrouxavam ainda mais o xale e rachavam as xícaras de chá. De quando em quando, algum cálice retinia numa cristaleira como se uma voz gigante tivesse gritado tão alto na sua agonia que os copos que estavam numa outra cristaleira também vibravam. Então o silêncio caía novamente; e então, noite após noite, e às vezes em pleno meio-dia, quando as rosas brilhavam e a luz voltava sua forma sobre a parede, tinha-se a clara impressão de que neste silêncio e nesta indiferença e claridade caía o surdo ruído de alguma coisa que tombava.

Nesta estação, os que tinham descido para palmilhar a praia e perguntar ao mar e ao céu que mensagem eles anunciavam, ou que visão eles afirmavam, tinham de prestar atenção, entre os costumeiros sinais da prodigalidade divina – por exemplo, o pôr do sol sobre o mar, a brancura da aurora, o surgimento da lua, os barcos de pesca contra a lua – a algo isolado, em desarmonia com esta serenidade; a silenciosa aparição de um navio colorido de cinza, por exemplo; uma espuma e uma mancha sobre a branda superfície do mar como se algo tivesse escumado e fervido e sangrado por debaixo. Essa intrusão, numa cena calculada para despertar as mais sublimes das reflexões e levar às mais confortáveis das conclusões, deteve-lhes o passo. Era difícil evitar, com indiferença, prestar-lhes atenção; abolir sua significância na paisagem; continuar, enquanto caminhavam pelo mar, a se maravilharem com a forma como a beleza de fora espelhava a beleza de dentro.

Será que a natureza suplementava o que o homem implementou? completava o que ele começou? Com igual benevolência, ela via-lhe a miséria, perdoava-lhe a mesquinhez, tolerava-lhe o tormento. Aquele sonho – de partilhar, de encontrar completude fora de casa – não era, pois, senão um reflexo num espelho, e o próprio espelho, senão a matéria vítrea superficial que assume o estado de repouso quando os poderes mais nobres dormem por debaixo. Impacientes, desesperados, embora relutantes a ir (pois a beleza oferece seus atrativos, tem suas consolações), palmilhar era impossível: a contemplação era insuportável; o espelho se partiu.

VI

Noite após noite, verão e inverno, o tormento das tempestades, a calma repentina do bom tempo reinaram sem interferência. Escutando-se (se houvesse alguém para escutar) das peças superiores da casa vazia, se teria ouvido, atravessado por relâmpagos, apenas um gigantesco caos, derrubando e revirando, à medida que os ventos e as ondas se divertiam, como massas amorfas de leviatãs cujas frontes são impermeáveis a qualquer vislumbre de razão, e se sobrepunham, e se arremessavam e se arremetiam na escuridão ou à luz do dia (pois noite e dia, mês e ano confluíam, indistinguíveis), em jogos idiotas, a ponto de parecer que o universo estava atacando e arremetendo em selvagem confusão e com incontrolável cobiça, sem propósito, sozinho.

Na primavera, as floreiras do jardim, cheias de plantas aleatoriamente semeadas pelo vento, estavam vivas como nunca. As violetas cresciam, e os narcisos. Mas a calma e a claridade do dia eram tão estranhas quanto o caos e o tumulto da noite, com as árvores ali, e as flores ali, olhando à sua frente, olhando para cima, mas sem nada verem, sem olhos, e tão terríveis.

VII

Sem nenhuma má intenção, pois a família não viria, nunca mais, diziam alguns, e a casa seria vendida no dia de São Miguel Arcanjo,[3] a sra. McNab se abaixou e colheu um molho de flores para levar com ela para casa. Colocou-as sobre a mesa enquanto espanava. Adorava flores. Era uma pena deixar que se estragassem. Imagine que a casa seja vendida (postou-se, às mãos à cintura, em frente ao espelho), ela precisaria ser cuidada – certamente precisaria. Tinha ficado ali todos esses anos sem uma única alma. Os livros e as coisas estavam mofados, pois, com a guerra e a dificuldade de se encontrar mão de obra, a casa não tinha sido arrumada como ela teria desejado. Estava além das forças de uma pessoa sozinha endireitá-la agora. Estava velha demais. Doíam-lhe as pernas. Todos esses livros precisavam ser estendidos na grama, sob o sol; havia gesso caído no vestíbulo; a calha em cima da janela do escritório tinha entupido, deixando a água entrar; o tapete estava arruinado, inteiramente. Mas as pessoas é que deveriam ter vindo; deveriam ter mandado alguém para olhar. Pois havia roupas nos armários; tinham deixado roupas em todos os quartos. O que devia fazer com elas? Elas tinham traças — as coisas da sra. Ramsay. Pobre senhora! Ela nunca mais ia precisar delas. Tinha morrido, diziam; anos atrás, em Londres. Havia a velha capa cinza que ela vestia quando trabalhava no jardim (a sra. McNab tocou-a). Podia vê-la, enquanto subia pela estradinha, com as roupas lavadas, inclinada sobre as suas flores (o jardim agora dava pena de ver, com tudo crescendo por todo lado e com coelhos saltando dos canteiros sobre a gente) — podia vê-la com um dos filhos ao lado, naquela capa cinza. Havia botinas e sapatos ali, e uma escova e um pente deixados sobre o toucador, à vista de todo o mundo, como se ela esperasse voltar amanhã. (Tinha morrido repentinamente, diziam.) E uma vez eles estavam para vir, mas tiveram que adiar, com essa coisa da guerra, e a viagem sendo tão difícil nos dias de hoje; nunca tinham vindo nesses anos todos; apenas mandavam o dinheiro dela; mas nunca escreviam, nunca vinham e esperavam encontrar as coisas do jeito que tinham deixado, ai, meu Deus! Vejam só, as gavetas do toucador estavam cheias de coisas (ela as abriu), lenços, pedaços de fita. Sim, ela podia ver a sra. Ramsay enquanto subia pela estradinha com a roupa lavada.

"Boa tarde, sra. McNab", diria ela.

Ela a tratava amavelmente. As moças todas gostavam dela. Mas, meu Deus, muitas coisas tinham mudado desde então (ela fechou a gaveta); muitas famílias tinham perdido seus entes mais queridos. Então, ela estava morta; e o sr. Andrew, o jovem e alto cavalheiro, tinha sido morto; e a srta. Prue, com seus cabelos loiros, tufos deles enrolados ao redor da cabeça, morta também, diziam, com o primeiro bebê; mas todo mundo tinha perdido alguém durante esses anos. Os preços tinham subido vergonhosamente e, pior, nunca mais tinham baixado. Podia se lembrar muito bem dela em sua capa cinza.

"Boa tarde, sra. McNab", diria ela, e mandaria a cozinheira guardar um prato de sopa de leite para ela, achava que, com certeza, ela estava precisada, carregando o pesado cesto por aquela distância toda, desde o vilarejo. Podia vê-la agora, inclinando-se sobre as suas flores, com um garotinho junto (débil e tremulante, como um raio amarelo ou o círculo na ponta de um telescópio, uma senhora numa capa cinza, inclinando-se sobre as suas flores, passava tremulante, errante, sobre a parede do quarto, ao longo da bancada do lavabo, enquanto a sra. McNab capengava e cambaleava, espanando, arrumando).

E, agora, o nome da cozinheira? Mildred? Marian? – um nome desses. Ah, tinha esquecido – ela esquecia as coisas. Explosiva, como todas as ruivas. Tinham dado muitas e boas gargalhadas. Ela era sempre bem acolhida na cozinha. Ela as fazia rir, realmente fazia. As coisas naquele tempo eram melhores que agora.

Ela suspirou; era trabalho demais para uma mulher sozinha. Atirou a cabeça para um lado e para o outro. Vejam só, estava tudo úmido aqui; o gesso estava caindo. Por qual razão quiseram pendurar a caveira de um animal ali? tinha mofado também. E ratos por todo o sótão. A chuva penetrava. Mas eles nunca mandavam ninguém; nunca vinham. Algumas das fechaduras tinham se deteriorado, de maneira que as portas ficavam batendo. Ela também não gostava de ficar sozinha aqui em cima quando escurecia. Era demais para uma mulher sozinha, demais, demais. Ela ringia, ela resmungava. Bateu a porta. Deu a volta na chave, e deixou a casa sozinha, fechada, trancada.

VIII

A casa foi abandonada; a casa foi deixada sozinha. Foi abandonada como uma concha numa duna, à espera de ser enchida com grãos de sal seco, agora que a vida a deixara. A longa noite parecia ter se instalado; os frívolos ares, mordiscando, os úmidos sopros, remexendo, pareciam ter triunfado. A caçarola enferrujara e o capacho se desmanchara. Os sapos tinham se metido porta adentro. Sem pressa, sem propósito, o xale balançava, dançante, para lá e para cá. Um pé de cardo se metia por entre os ladrilhos da despensa. As andorinhas faziam ninho na sala de estar; a palha espalhava-se pelo assoalho; o gesso caía aos montes; os caibros ficavam à mostra; os ratos roubavam uma coisa ou outra para ir roer por detrás dos lambris. As borboletas-da-urtiga[4] irrompiam de suas crisálidas e matraqueavam sua vida sobre as vidraças. Papoulas propagavam-se em meio às dálias; o gramado ondulava com sua grama alta; alcachofras gigantes erguiam-se em meio a rosas; um pé de cravo franjado florescia por entre as couves; enquanto o suave tamborilar de uma erva daninha contra a janela convertera-se, nas noites de inverno, no rufar de vigorosas árvores e ásperas urzes que deixavam o aposento todo verde no verão.

Que força podia agora impedir a fertilidade, a insensibilidade da natureza? O sonho da sra. McNab, de uma senhora, de uma criança, de um prato de sopa de leite, passeara pelas paredes, como um raio de luz do sol, e desaparecera. Ela trancara a porta; fora embora. Estava além das forças de uma mulher sozinha, disse. Eles nunca mandavam ninguém. Nunca escreviam. Havia coisas lá em cima apodrecendo nas gavetas – era uma vergonha deixar as coisas desse jeito, disse ela. O lugar estava entregue à destruição e à ruína.

Apenas o raio do farol entrava nas peças por um instante, enviava seu súbito esplendor à sala de estar ou ao dormitório, sobre a cama e a parede, examinava severamente o cardo e a andorinha, o rato e a palha, quando a noite estava escura, acariciava-os amorosamente nas suaves noites da primavera.

Quanto aos espíritos que, no sono, tinham deixado seus corpos e sonhado com algum tipo de comunhão, sonhado que, tomando a mão de um comparsa, poderiam completar, lá embaixo na praia, sozinhos, na presença do céu e do mar, aquele desenho, aquela visão, aquele começo que buscava realização, ou tinham sido acordados por aquele prodigioso bombardeio que fazia os cálices de vinho retinir nas cristaleiras, ou então o focinho que saltava para fora, a mancha que sangrava[5] tinham estragado tão seriamente a composição que eles tinham fugido. Eles tinham jogado o espelho no chão. Não viam nada agora. Tropeçavam e titubeavam, cegamente tirando um pé da lama, cegamente chapinhando com o outro. Que o vento sopre; que a papoula se propague e o cravo se acasale com a couve. Que a andorinha faça seu ninho na sala de estar e o cardo empurre os ladrilhos e a borboleta tome sol na chita desbotada da poltrona. Que a porcelana e o cálice quebrados fiquem espalhados sobre o gramado e se emaranhem à grama e às amoras silvestres.

Pois agora chegara aquele momento, aquela hesitação, quando a aurora treme e a noite se detém, quando uma pena, se posta na balança, fará descê-la. Uma única pena, e a casa, afundando, caindo, teria virado e se precipitado em direção às profundezas da escuridão. Na sala em ruínas, pessoas em piquenique teriam esquentado suas chaleiras; amantes teriam ali buscado abrigo, deitados nas tábuas nuas; e o pastor teria guardado sua comida em cima dos tijolos caídos, e o vagabundo teria dormido enrolado no casaco para se proteger do frio. Então o teto teria caído; urzes e cicutas medrando, curvando-se, teriam fechado as passagens, os degraus e as janelas, teriam crescido, desigual mas luxuriosamente, sobre o entulho, até que algum intruso, tendo se perdido, poderia ter dito, apenas por causa de um lírio-tocha misturado às urtigas, ou um caco de porcelana no meio das cicutas, que aqui, alguém, uma vez, vivera; existira uma casa.

Se a pena tivesse caído, se tivesse feito descer a balança, a casa inteira teria mergulhado nas profundezas para se assentar nas areias do olvido. Mas havia uma força em ação; algo não muito consciente; algo que olhava de esguelha, algo que cambaleava; algo não inspirado a conduzir o seu trabalho segundo um ritual majestoso ou sob um cântico solene. A sra. McNab resmungava; a sra. Bast, sua parceira, ringia. Estavam velhas; estavam emperradas; doíam-lhes as pernas. Vinham, afinal, com seus baldes e vassouras; punham-se ao trabalho. De repente: poderia a sra. McNab verificar se a casa estava pronta, escreveu uma das jovens; poderia ela arrumar isto; poderia arrumar aquilo; tudo na correria. Eles talvez viessem para o verão; deixavam tudo para a última hora; esperavam encontrar as coisas tal como as tinham deixado. Lenta e penosamente, com balde e vassoura, lavando, esfregando, a sra. McNab, a sra. Bast detinham a decomposição e o apodrecimento; recuperavam do atoleiro do tempo que se fechava rapidamente sobre elas, ora uma bacia, ora um guarda-louça; tiravam do esquecimento, numa manhã, todos os romances da série Waverley[6] e um serviço de chá; restituíam ao sol e ao ar, numa tarde, uma grade de lareira e um jogo de atiçadores de aço. George, o filho da sra. Bast, pregava tábuas, aparava a grama. Houve a chegada dos carpinteiros. Ao som do chiar das dobradiças e do ranger dos parafusos, do estalar e do espocar do madeirame inchado pela umidade, parecia estar se dando algum nascimento laborioso e renitente, enquanto as mulheres, abaixando-se, levantando-se, resmungando, cantando, batiam portas e estalavam panos, ora no andar de cima, ora nos porões. Oh, disseram elas, quanto trabalho!

Tomavam o seu chá no dormitório às vezes, ou no gabinete; interrompendo o trabalho ao meio-dia, com sujeira nos rostos e as velhas mãos crispadas e entorpecidas pelos cabos das vassouras. Atiradas nas cadeiras, contemplavam ora a magnífica vitória sobre as torneiras e a banheira; ora o triunfo mais árduo, mais parcial sobre as longas fileiras de filosofia, outrora pretas como corvos, agora tingidas de branco, procriando pálidos fungos e escondendo furtivas aranhas. Uma vez mais, enquanto sentia descer-lhe o calor do chá, o telescópio ajustou-se aos olhos da sra. McNab, e, num círculo de luz, ela viu, enquanto chegava com a roupa lavada, o velho senhor, magro como um ancinho, balançando a cabeça, falando sozinho, supunha ela, no gramado. Nunca lhe dava atenção. Alguns diziam que ele tinha morrido; alguns diziam que ela tinha morrido. Qual era a verdade? A sra. Bast também não sabia ao certo. O jovem cavalheiro tinha morrido. Disso ela estava certa. Tinha lido o nome dele nos jornais.

Havia agora a cozinheira, Mildred, Marian, um nome desses – uma mulher ruiva, explosiva como todas as de sua espécie, mas bondosa também, se a gente soubesse como lidar com ela. Tinham dado muitas e boas risadas juntas. Ela guardava um prato de sopa para Maggie; um pedaço de presunto, às vezes; o que houvesse. Viviam bem naquela época. Tinham tudo de que precisavam (espontaneamente, jovialmente, com o chá quente descendo, ela desenrolava o novelo de suas memórias, sentada na poltrona de vime). Sempre havia muito a fazer, gente na casa, vinte pessoas hospedadas às vezes, e ela lavando louça passando muito da meia-noite.

A sra. Bast (ela nunca os conhecera; morava em Glasgow na época) se perguntava, pousando a xícara, por qual razão penduraram aquela cabeça de bicho ali? Morto na caça em algum lugar no estrangeiro, sem dúvida.

Podia muito bem ser, disse a sra. McNab, divertindo-se com suas lembranças; eles tinham amigos em países do oriente; senhores que se hospedavam ali; a cozinheira tinha que fazer *curries* para eles; vira-os uma vez, pela porta da sala de jantar (espiou-os, postada atrás da moça francesa que servia a mesa). Podia vê-los agora sentados à mesa de jantar, vinte, ousaria dizer, todos com suas joias, e ela ficou para ajudar a lavar louça até meia-noite passada.

Ah, disse a sra. Bast, encontrariam muita coisa mudada. Debruçou-se na janela. Observava o filho, George, aparando a grama. Podiam muito bem perguntar: o que fora feito dela? percebendo como se esperava que o velho Kennedy tomasse conta dela, mas sua perna tinha ficado muito ruim depois que caíra da carroça; e, depois, talvez ninguém durante um ano; ou quase um ano inteiro, e depois Tommie Curwen, e podiam ter mandado sementes, mas quem podia dizer se chegaram algum dia a ser plantadas?

George era muito bom no trabalho. Era um desses tipos tranquilos. Ele seguia em frente, como uma máquina, ceifando, molhada ou seca, muito bom no trabalho. Bom, elas deviam ir adiante com os guarda-louças, achava ela.

Afinal, após dias de faxina dentro de casa, após dias cortando, limpando, varrendo, cavando no lado de fora, os espanadores foram sacudidos nas janelas; as janelas foram fechadas; as portas foram cerradas à chave por toda a casa; a porta da frente foi batida; acabara.

E, agora, como se a limpeza e a esfrega e a ceifa e a poda os tivessem afogado, ergueram-se aquela entreouvida melodia, aquela música intermitente que o ouvido meio que capta mas deixa fugir, um latido, um balido, irregulares, intermitentes, mas de alguma forma ligados – o zumbido de um inseto, o tremular da grama cortada, desconjuntados mas de alguma forma concernentes, o zunido de uma besouro, o rangido de uma roda, alto, baixo, mas misteriosamente ligados, que o ouvido se esforça por juntar e está sempre a ponto de harmonizar; mas eles nunca são muito ouvidos, nunca plenamente harmonizados, e afinal, à boca da noite, um a um, um som morre, e outro mais, e a harmonia vacila e o silêncio é completo. Com o pôr do sol, a nitidez ia embora, e tal como se ergue a bruma, a calma se erguia, as gralhas se acomodavam, a grama se acomodava. À vontade, o mundo preparava-se para dormir, aqui, no escuro, sem nenhuma luz a não ser a que chegava filtrada através das folhas ou empalidecida sobre as flores.

IX

Então, de fato, a paz chegara. Mensagens de paz sopravam do mar em direção à praia. Nunca mais interromper o seu sono, acalentá-lo, em vez disso, mais profundamente, para que repousasse e, não importando o que sabiamente sonhassem os sonhadores, o que divinamente sonhassem, para que fosse confirmado – que outra coisa estava ela murmurando? E vejam, nossa mensagem, nossa sabedoria, parecia dizer, estão revestidas de esplendor. A onda cobre a praia de negro. Nossa paz é uma paz meditativa, nossa beleza, uma beleza consciente. Ficamos à sua porta, desejando-lhe felicidade.

Quem, acordando nas profundezas desta escura, desta divina, desta serena noite, cuja escuridão era um véu, cujo murmúrio era de segredos demasiadamente profundos para serem plenamente pronunciados, poderia, mesmo agora, após a umidade e os espiões, após o sapo e o rato, resistir ao desejo de caminhar lá na praia sobre a pálida areia, com as ondas quebrando, e apenas uma luz no porto, uma luz no topo de algum mastro, uma luz sobre as ondas, e perguntar outra vez: O quê e por quê?

Entretanto, vendo o quão frequentemente tinham perguntado, o quanto tinham sofrido, o quão frequentemente tinham sido ridicularizados, era mais sábio, talvez, ficarem ali no escuro; ouvirem apenas; deixá-la dizer o que quisesse – cantar, anunciar que era uma noite maravilhosa, e a lua ardia através do azul como uma rosa. Pela janela aberta, a voz da beleza do mundo chegava murmurando, baixinho demais para que eles pudessem ouvir exatamente o que dizia – mas que importava se eles apreendiam o sentido? – como, uma vez e mais outra, a onda varre a praia com esplendor. A voz rogava aos adormecidos, se eles realmente não vinham à praia, ao menos que levantassem as cortinas e olhassem para fora. Eles veriam como os mantos do augusto Deus se estendiam; sua cabeça estava coroada; seu cetro, engastado de joias; e uma criança podia olhá-lo nos olhos. E se os adormecidos ainda vacilassem, e dissessem: Não, que era vapor este seu fausto, e que o orvalho tinha mais poder que ele, sem reclamar, sem discutir, a voz cantaria a sua canção. Suavemente, as ondas quebrariam; delicadamente, a luz iluminaria. E tudo no aposento – guarda-louças, bacias, mesas – há pouco postas em ordem, rigorosamente arrumadas – parecia estar sob o feitiço, mais solenemente postados esta noite, mais gravemente conscientes esta noite, de uma ordem, de um propósito que, quando o dia raiasse, seriam revelados.

De fato, enquanto as folhas do pé de maracujá tamborilavam na janela, e o intricado desenho da folha, a cadeira, a mesa, tudo ondulava sobre o assoalho, a voz podia voltar ao assunto: ele estava contente com isso; isso era suficiente – para envolver os adormecidos em azul; para estar lá, se precisassem dele, à sua espera.

Afinal, pois, por que não concordar? aceitar? Sem perder seu ceticismo ou afundar nas profundezas da aquiescência, eles podiam, sem se virarem totalmente, olhar para fora: assumir um olhar que não fosse mais de êxtase; ficar vigilantemente despertos e ver como, através de uma abertura na cortina, o esplêndido monarca se estendia; ouvir o imenso suspiro de todas as ondas quebrando, num só compasso, em torno das ilhas; ouvir os pássaros começarem a cantar e a aurora entrelaçar suas frágeis vozes em seu alvo traje; ouvir as rodas começarem a ranger e, afinal, esquecer de discriminar entre roda e pássaro, e deixar, afinal, que o azul e o púrpura os cobrissem, afundar na noite, afundar no azul, e entregar-se, e esquecer...

Mas, ah! Assim como aquele que cai, ao cair, grita e agarra a grama na beira do penhasco e se salva, assim, mesmo enquanto caíam, eles estavam inteiramente despertos; eles se erguiam, eretos; seus olhos estavam abertos; agora era dia.

Notas

O caráter poético da prosa de uma obra de ficção não é abrangente, ou seja, ele não se mantém como tal o tempo todo justamente por seu caráter narrativo. Apenas algumas passagens, alguns parágrafos, alguns conjuntos de frases se destacam por seu caráter poético. (Inversamente, uma poesia pode ter os seus momentos prosaicos.) A prosa poética de Virginia não é nenhuma exceção. E sua poeticidade, embora não seja escassa nem rara, tampouco é abundante, invasiva, onipresente. Mas algumas passagens, algumas seções, alguns parágrafos se destacam exatamente pelo contraste que fazem com blocos, com conjuntos, com maciços mais prosaicos. É o caso, por exemplo, dos interlúdios de *As ondas*, em oposição às narrativas que introduzem. E é o caso também da seção central de *Ao farol*, "O tempo passa". Embora não de forma tão concentrada como nos prelúdios de *As ondas*, a poeticidade é, aqui, forte, visível, impactante. Essa seção de *Ao farol* destila poeticidade. É uma das melhores demonstrações da prosa poética, lírica, apaixonada, de Virginia. A versão que aqui se reproduz é a da segunda edição de *O tempo passa* (Autêntica, 2016), com ligeiras alterações.

[1] *Harvest moons*, no original. A *harvest moon* é a lua cheia mais próxima do equinócio de outono. Durante esse período, a lua dá a impressão de surgir na mesma hora e antes do habitual por vários dias consecutivos, proporcionando mais luminosidade durante o anoitecer. Esse fato permitia, antes da iluminação elétrica, que o trabalho de colheita se estendesse para além do desaparecimento da luz do sol.

[2] Possível alusão à figura mitológica de Filomela, princesa de Atenas, que fora estuprada pelo cunhado (Tereu) e fora, posteriormente, transformada num rouxinol pelos deuses do Olimpo. Poetas renascentistas teriam acrescentado à narrativa mitológica grega "a imagem de Filomela transformada em rouxinol encostando o peito contra um espinho seja para acentuar sua dor, seja para aliviar seu sofrimento mais profundo por meio de uma dor menor" (LUTWACK, Leonard. *Birds in Literature*. Miami: University Press of Florida, 1994, p. 3).

3 Celebra-se no dia 29 de setembro e marca, no hemisfério norte, o início do outono, bem como do ano letivo nas escolas e universidades.

4 *Tortoise shell butterflies*, no original. Parece haver duas espécies de borboleta que, em inglês, levam esse nome: a pequena (*Aglais urticae*) e a grande (*Nymphalis polychloros*). A tradução aqui adotada segue a denominação dada à primeira num site português sobre borboletas.

5 Alusão ao navio e à mancha que aparecem no penúltimo parágrafo da seção V (p. 148): "a silenciosa aparição de um navio colorido de cinza, por exemplo; uma espuma e uma mancha sobre a branda superfície do mar como se algo tivesse escumado e fervido e sangrado por debaixo". Ou seja, à guerra.

6 *Waverley* é o título de um romance da autoria de Walter Scott (1771-1832). Seus romances posteriores abordando um tema similar ficaram conhecidos como os "romances Waverley".

Posfácios

De Quincey nos ensaios de Virginia: a poesia da prosa e o gênero autobiográfico

Roxanne Covelo

Apesar de Virginia Woolf ter escrito o total de três ensaios sobre De Quincey ("O coche postal inglês", em 1906; "Uma prosa apaixonada", em 1926; e "A autobiografia de De Quincey", em 1932), sua relação com ele é um tópico raramente examinado em grande profundidade. Há breves menções a ele nos estudos woolfianos dedicados a outros aspectos da escritora,[1] assim como numa infindável discussão para decidir se o personagem do sr. Carmichael em *Ao farol* pode ser lido como um retrato à clef de De Quincey,[2] mas além desses exemplos há pouquíssimos estudos.[3] E contudo, em acréscimo à frequência com que ele aparece na obra de Woolf, a absoluta similaridade entre os dois como autores parece, por si só, razão suficiente para uma análise mais profunda dos referidos ensaios. Woolf e De Quincey têm, surpreendentemente, muita coisa em comum: ambos são escritores que, apesar de serem conhecidos pelo caráter poético de sua linguagem e terem orgulho disso, nunca publicaram um único poema. Além disso, eles também têm uma afinidade na predileção pela forma do ensaio, assim como pela escrita autobiográfica, e ambos padeceram de condições crônicas que afetaram em muito sua produção, uma similaridade que a própria Woolf comenta no ensaio "Sobre estar doente" (WOOLF, 2015, p. 67-84).

Embora De Quincey não tivesse sido, de modo algum, uma figura importante do século dezenove, e não fosse amplamente lido entre os contemporâneos de Woolf (fato que ela menciona em *Noite e dia*),[4] ele aparece com frequência surpreendente em sua vida e entre as pessoas mais próximas dela, graças a uma série de coincidências biográficas até aqui não destacadas na literatura. Embora muitas fontes mencionem sua mãe e o fato de que ela mantinha um exemplar do livro de De Quincey, *Confissões de um comedor de ópio*, à cabeceira da cama, elas deixam de mencionar outros modos, diversos e variados, mais significativos, pelos quais De Quincey esteve presente na vida de Woolf. Por exemplo, embora existissem relativamente poucas biografias de De Quincey na época, duas delas foram escritas por pessoas próximas a Woolf. A primeira é a de autoria de Edward Sackville-West (primo de Vita), que publicou *Uma chama à luz do sol: a vida e a obra de Thomas De Quincey*, em 1936, e com quem Woolf parece ter conversado sobre o assunto.[5] A segunda é de autoria de Leslie Stephen, pai de Virginia, publicada em 1888, que é, em si mesma, pouco surpreendente, dada a considerável quantidade de obras biográficas escritas por ele. Entretanto, ele também escreveu três outros estudos sobre De Quincey, em 1869, 1874 e 1927. O de 1874 é um longo capítulo de seu conhecido livro *Horas numa biblioteca*.[6]

De fato, esses estudos anteriores se mostram indispensáveis para abordar os que foram escritos por Woolf. Mais ainda, talvez, que sua relação com De Quincey é a relação com seu pai e com os estudos críticos escritos por ele que vêm à luz quando lemos seus três ensaios. Particularmente em "Uma prosa apaixonada" e em "A autobiografia de De Quincey", o que se observa é um duplo movimento da parte de Woolf tanto de aproximação quanto de afastamento da tradição literária vitoriana personificada por Stephen. Ela descobre na escrita de De Quincey a ratificação de duas de suas preocupações formais mais prementes: em primeiro lugar, um foco pós-vitoriano na vida interior (ou na "vida verdadeira") de um biografado como o objetivo primordial das formas biográficas e autobiográficas; e, em segundo lugar, uma disposição a experimentar um estilo de escrita situado entre a poesia e a prosa (ela, na verdade, dá-lhe o título de "poesia da prosa"). Essas duas preocupações formais – que ela identifica como sendo centrais ao projeto estético de De Quincey, mas que qualquer pessoa familiarizada com a escrita de Woolf reconheceria como sendo dela própria – são discutidas, respectivamente, nos ensaios "A autobiografia de De Quincey" e "Uma prosa apaixonada". O ensaio "O coche postal inglês", uma análise crítica de um texto específico de De Quincey, contém muitas das mesmas ideias, expressas em termos similares, a despeito de ter sido escrito vinte anos antes.

    A atração de Woolf por De Quincey desde os primeiros estágios de sua carreira tem origem naquilo que ela vê como uma posição de vanguarda, similar à dela própria, em oposição aos autores representativos da produção ensaística do século dezenove, dos quais Leslie Stephen é uma figura primordial. (Isso a despeito do fato de que é cronologicamente problemático pensar em De Quincey como vanguarda em relação aos escritores vitorianos e vitorianos tardios, como veremos.) Por outro lado, entretanto, o gesto de afastamento, por parte de Woolf, do fundamento e das opiniões de Stephen é, às vezes, subvertido por um movimento mais sutil, de retorno a ele, bem como por uma repetida deferência aos julgamentos do pai como crítico. Uma leitura atenta dos ensaios de De Quincey junto com os do pai mostra justamente a profundidade com que Stephen influenciou as visões de Woolf. Não apenas termos e torneios de frase específicos, mas também análises críticas fundamentais surgem virtualmente inalteradas de um ensaio ao próximo, e sugerem, fortemente, que Woolf lera de fato os textos do pai. Pensados desde essa perspectiva, os ensaios "A autobiografia de De Quincey", "Uma prosa apaixonada" e, em menor grau, "O coche postal inglês" mostram Woolf envolvida com De Quincey não apenas como uma escritora da mesma linhagem, mas também, e de maneira muito mais reveladora, como uma leitora e crítica da mesma linhagem.

Sobre a escrita autobiográfica

Woolf concluiu o ensaio "A autobiografia de De Quincey" em 1932. Embora se pudesse esperar que ela fosse pôr o foco em *As confissões de um comedor de ópio* (relato, publicado em 1821, que De Quincey faz de sua vida e de seu vício e, de longe, sua obra mais famosa), seus comentários e sua escolha dos excertos sugerem um maior interesse em *Esboços autobiográficos*, uma coleção de ensaios publicada em 1853. Outra escolha importante no ensaio é a de ignorar a distinção entre a escrita biográfica e a autobiográfica, uma vez que a preocupação de Woolf é com a expressão dos eventos internos em contraposição aos eventos externos, que, para seus propósitos, podem ser discutidos em relação a qualquer das duas escritas, indistintamente. Em consequência, seu texto sobre a autobiografia de De Quincey revela muitas das mesmas preocupações que foram destacadas nos ensaios "A nova biografia" e "A arte da biografia".

Woolf começa o texto discutindo os fins geralmente utilitários da maior parte da escrita em prosa e, em seguida, apresenta De Quincey como uma exceção à regra. Sua escrita não é guiada pelos "fins práticos" e objetivos da maioria dos escritores de prosa, explica ela, porque "ela não quer argumentar nem converter nem mesmo contar uma história. Podemos extrair todo nosso prazer das próprias palavras" (WOOLF, 1966, v. IV, p. 1). Ela cita um trecho de *Esboços autobiográficos* e elogia o aspecto sensual, musical, da escrita, independentemente de seu significado e, certamente, de qualquer objetivo prático. "Mas", acrescenta ela, mudando de rumo, em direção ao foco principal do ensaio, "De Quincey não era simplesmente o mestre de passagens isoladas de prosa [...]. Ele era também um escritor de narrativas, um autobiógrafo, e um autobiógrafo, se considerarmos que ele escrevia no ano de 1833, com visões muito peculiares sobre a arte da autobiografia" (p. 3). Sua inovação fundamental – e esse é o argumento central de Woolf – é que "ele entendia por autobiografia a história não apenas da *vida externa* mas de emoções mais profundas e mais ocultas" (p. 4, ênfase minha).

De fato, ele tende, como escritor, a dar preferência às últimas, e o que distingue De Quincey dos autobiógrafos anteriores e posteriores é seu foco nas "visões e sonhos, não nas ações ou cenas dramáticas" (p. 2).

Há, ao longo de todo o ensaio, uma comparação implícita, e, com frequência, explícita, entre esses autobiógrafos anteriores e o pioneiro De Quincey. Quando, aos eventos da vida interna, em oposição aos eventos da vida externa, argumenta Woolf, concede-se-lhes a sua devida importância, então toda a tradição da escrita autobiográfica começa a mudar:

> [...] quando esses estados da mente parecem, em retrospecto, ser um elemento importante da vida e são, assim, dignos de escrutínio e registro, a arte da autobiografia tal como a conheceu o século dezoito vai mudando seu caráter. A arte da biografia também vai sendo transformada. Nenhuma pessoa, depois disso, poderia sustentar que a verdade inteira da vida pode ser contada sem "romper o véu"; sem revelar "suas próprias e secretas fontes [causas] de ação e retração" (p. 6).

E, contudo, segundo o relato da própria Woolf, os esforços de De Quincey não parecem ter causado quase nenhuma mudança. Em "A nova biografia" (1927), é possível observá-la queixando-se dos mesmos defeitos entre os escritores vitorianos, cuja falha fatal, de acordo com Woolf, era a crença de que "a vida verdadeira do biografado se revela na ação manifesta, e não na vida interior do pensamento" (p. 229). Tal como os biógrafos do século dezoito que precederam De Quincey, os biógrafos vitorianos também parecem incapazes de contrabalançar as descrições que eles fazem do interior e do exterior. Woolf reconhece que a proeza é, em geral, difícil, e que tais textos sempre envolverão uma incômoda combinação das duas, "mas a biografia vitoriana era um parto particularmente monstruoso, híbrido" (p. 230). Em geral, ela considera impróprio cumprir o que deveria ser o principal objetivo tanto da escrita biográfica quanto da autobiográfica, ou seja, "expressar não apenas a vida exterior do trabalho e da atividade, mas também a vida interior da emoção e do pensamento" (p. 230).

Muitos dos textos críticos de Woolf sobre os temas da escrita biográfica e autobiográfica são, com frequência, variações desse tema central – isto é, a dificuldade de negociar entre a vida factual e a psicológica de uma pessoa. Esses dois níveis de experiência podem ser pensados em termos de dois eixos, um deles se estendendo no tempo à medida que a pessoa vive e age, e o outro existindo quando "o tempo se imobiliza", na vida interior da mente, na qual a duração é suspensa. Também se pode pensar nesses eixos, como fazem Benveniste ou Lejeune, como uma negociação entre a *histoire* e o *discours* no texto autobiográfico. A predominância do último nos textos de Woolf é um de seus traços mais característicos como escritora e tem sido detalhadamente discutido numa série de estudos sobre sua obra. Entretanto, apesar dessa forte presença, em sua escrita, da vida interior e da duração suspensa, ela também reconhece a importância dos eventos externos, e tenta seguir seu próprio conselho sobre a necessidade de equilíbrio. Por essa razão, em "A autobiografia de De Quincey", após muita descrição e chancela do tratamento dado por De Quincey à interioridade, ela pensa ser necessário acrescentar em sua conclusão:

Contudo os eventos externos também têm sua importância. Para contar a história toda de uma vida, o autobiógrafo deve arquitetar alguns meios pelos quais os dois níveis de existência possam ser registrados – a rápida passagem dos eventos e das ações; a lenta revelação dos singulares e solenes momentos da emoção concentrada. O que constitui a fascinação das páginas de De Quincey é que os dois níveis são magnificamente, ainda que desigualmente, combinados (p. 457).

Os níveis são "desigualmente" combinados porque, tal como a própria Woolf, De Quincey é um autor que tende a dar mais peso a um em vez do outro. A esse respeito, ele é, entretanto, uma exceção, uma vez que Woolf situa-o, em oposição à maioria dos biógrafos, que, tanto no século dezoito quanto no dezenove, tendem, com igual força, ao inverso (enfatizando o exterior) e cujas biografias, portanto, rapidamente se transformam na "velha e desgastada lista de chamada, cronologicamente ordenada, dos inevitáveis fatos da vida de um homem" (DE QUINCEY, 2003, v. XVII, p. 69-70).[7]

Entretanto, apesar do aparente problema cronológico, De Quincey, para os propósitos de Woolf, pode ser considerado "inovador", ou ao menos uma grande exceção relativamente à era vitoriana e à georgiana. Isso se prova imensamente útil aos seus objetivos nesse ensaio (que é tanto uma descrição da autobiografia de De Quincey quanto um manifesto de suas próprias opiniões sobre o gênero autobiográfico), uma vez que os estudiosos concordam que uma das principais preocupações de Woolf no que diz respeito à escrita biográfica e autobiográfica é a de se distanciar da tradição vitoriana. Essa preocupação é, muitas vezes, explicada em termos da relação de Woolf com o pai e da considerável reputação dele no gênero biográfico. Como explica Sandra Gilbert:

> Leslie Stephen tornou-se o primeiro editor do prestigioso *Dicionário da biografia nacional* no ano em que ela nasceu, de modo que ela se interessou com o gênero pessoal, mas com frequência "oficial", da biografia e sua relação com a historiografia pública "oficial", desde cedo na sua carreira. [...] Talvez, portanto, como um gesto de rebelião contra a autoridade paterna e patriarcal, alguns dos primeiros escritos de Virginia Stephen se utilizaram da forma pela qual o pai e seus colegas trabalhavam, embora, não tão sutilmente, satirizando as Vidas dos Grandes Homens que eram os alvos de seu dicionário (GILBERT, 1994, p. 197-198).

Tal como Gilbert o vê, os experimentos de Woolf com o gênero biográfico podem ser compreendidos não simplesmente como um desejo de inovar os modelos vitorianos, mas como um intento ativo de subvertê-los ou escarnecê-los. Embora ela não vá tão longe quanto um autor como Strachey, ela consegue, em obras como *Orlando: uma biografia* (alvo do comentário de Gilbert) e *Roger Fry: uma biografia*, subverter alguns dos atributos mais esperados da escrita biográfica tradicional. Sua insistência na interioridade, como se poderia esperar, é o mais notável dos pontos de partida. Essa característica é às vezes vista como uma fraqueza ou uma falha e é, mais frequentemente, atribuída aos hábitos inconscientes de Woolf como romancista do que a qualquer posição teórica deliberada. Francis Spalding, por exemplo, diz que Woolf acabou não sendo bem-sucedida nessa forma de escrita porque "suas habilidades de romancista iam de encontro a seu talento como biógrafa, pois suas observações impressionistas chocavam-se incomodamente com a necessidade simultânea de arrebanhar um sem-número de fatos" (SPALDING, 1991, p. 139-140).

Stephen não tinha, claro, nenhuma dificuldade em arrebanhar fatos, e seu método de escrita biográfica é, como expõe Gilbert, muito mais oficial e historiográfico em termos de abordagem. Ele começa seu verbete sobre De Quincey da maneira esperada, com a data de nascimento e uma descrição dos pais e da infância do autor. Ironicamente, entretanto, esse é precisamente o tipo de conteúdo que o próprio De Quincey menosprezava numa biografia. Referindo-se ao que ele considera os fatos "tediosos", repetitivos das datas de nascimento, de morte, da escolarização, etc., De Quincey diz: "estamos tão seguros de que o homem nascera, e também de que morrera, que é deplorável precisarmos ler isso. O fato de o homem ter começado como menino, de ter ido para a escola [...] parece tão provável, de modo geral, que estou disposto a aceitá-lo como um postulado" (DE QUINCEY, 2003, v. XVII, p. 69-70). É verdade que o referido verbete de Stephen é para um livro de referência (o *Dicionário da biografia nacional*) e, assim, o leitor compreenderá que ele precisa fornecer os dados e datas básicos para constar. Mas ele lista muitíssimos outros detalhes da vida exterior de De Quincey que parecem não apenas irrelevantes, mas de foco reveladoramente vitoriano. O cuidadoso exame que Stephen faz da história do nome da família De Quincey, por exemplo, que nos informa, entre outros fatos, que "os Quinceys da Nova Inglaterra são ramos da mesma linhagem" (XIV, p. 385), é o tipo de detalhe exterior meticuloso que dificilmente apareceria num escrito de Woolf.

O capítulo de Stephen, escrito para *Horas numa biblioteca*, de 1874, sobre De Quincey não é uma biografia, mas um estudo crítico de sua obra. Aqui, de novo, entretanto, o foco é decididamente de natureza exterior, incluindo muitos fatos e anedotas da vida do autor. E, apesar da visão ponderada e instigante dos interesses de De Quincey como escritor e como indivíduo (desde sua paixão pela metafísica alemã, até seu interesse pela economia política), somos, entretanto, levados a nos perguntar se uma história intelectual é realmente o que Woolf quer dizer com "a vida da mente". Sua compreensão do termo não é necessariamente, ou não é apenas, intelectual. Antes, podemos entendê-lo como estando relacionado a uma espécie de sistema pessoal de sentimentos e associações que se desenvolvem na mente ao longo do tempo, surgindo, às vezes, de leituras ou experiências intelectuais, porém, mais comumente, de algum evento pessoal profundamente comovedor. A ideia pode talvez ser compreendida em termos da própria noção de *involuta*[8] desenvolvida por Quincey. O conceito de involuta é central em sua obra e um em que Woolf brevemente se concentra próximo do fim de "A autobiografia de De Quincey". Ela cita a seguinte passagem de *Esboços autobiográficos* em que De Quincey diz:

> Estou perplexo com a verdade de que uma quantidade muito maior de nossos pensamentos e sentimentos mais profundos nos são transmitidos, através de desconcertantes combinações de objetos *concretos*, nos são transmitidos como *involutas* (se posso cunhar esta expressão), em experiências complexas, incapazes de serem desenredadas, do que a quantidade que chega até nós *diretamente*.... O homem é,

> sem dúvida, *um só*, por alguns *nexos* sutis, dos sistemas de conexões, que não conseguimos perceber, estendendo-se desde a criança recém-nascida até o velho caduco: mas, no que tange a muitos afetos e paixões ligados à sua natureza em diferentes estágios, ele *não* é um só, mas uma criatura intermitente, terminando e começando de novo (WOOLF, 1966, v. IV, p. 6, ênfases no original).

Sua ideia de que dois elementos – em especial, uma imagem e um sentimento – podem se fundir, podem se tornar "experiências complexas, incapazes de serem desenredadas", prefigura algumas das ideias fundadoras da psicanálise. De Quincey está, essencialmente, chamando nossa atenção para a forma como experiências de alto impacto podem fundir a emoção e a imagem (ou o som, ou o aroma) que elas, primeiramente, imprimiram na mente do indivíduo.[9] Sua autobiografia, tanto em *Confissões* quanto em *Esboços autobiográficos*, consiste, com frequência, na história dessas involutas e na forma como elas vieram a se desenvolver para ele: como a associação, inquebrantável para o resto de sua vida, entre o verão e a morte (após o evento traumático da morte da irmã), bem como outras imagens dequinceyanas como a do crocodilo, do malaio, etc. Essas figuras recorrentes logo se tornaram símbolos pessoais para De Quincey, que se repetem em seus sonhos e que ele tenta analisar e decodificar como um meio de chegar ao autoconhecimento. Finalmente, a passagem tal como citada por Woolf também chama nossa atenção para a multiplicidade do indivíduo ("uma criatura intermitente, terminando e começando de novo"), uma ideia que ela também explora em seus próprios textos.

Tanto as obras de Woolf quanto as de De Quincey frequentemente insistem na mudança, na natureza fragmentária da personalidade; mas, nessa passagem, a ideia da involuta surge como um possível fio de ligação. As involutas de um indivíduo podem abranger ao menos parte dos "*nexos* sutis, [ou] dos sistemas de conexões" que explicam e ligam os vários fragmentos da personalidade do indivíduo (os "muitos afetos e paixões ligados à sua natureza em diferentes estágios"). Nesse sentido, elas podem contribuir, em grande medida, para atingir outro dos principais objetivos do biógrafo e do autobiógrafo: o de estabelecer uma sensação de continuidade do indivíduo ao longo do tempo.

Comparem-se as involutas de De Quincey com o próprio sistema de imagens de Woolf (como a lesma, a folha retroiluminada, ou ainda, o granito, o arco-íris e as ondas) e a presença desses símbolos em sua escrita. Como comenta Marianna Torgovnick em seu estudo dos aspectos visuais da obra de Woolf, "ela volta repetidamente a certos objetos cuja lembrança poderia estimular linhas inteiras de raciocínio" (TORGOVNICK, 1997, p. 126). Esses objetos e suas imagens são pontos importantes de referência para compreender seus textos, e tendem a se repetir, "assumindo ao longo da extensão de sua carreira uma rica variedade de associações" (p. 126). Essa presença, ademais, está longe de ser inconsciente. Tal como De Quincey, Woolf se põe altamente autoconsciente quando se trata de sua imagística pessoal, e faz comentários sobre quando as associações se formaram pela primeira vez em sua mente, o que elas significam para ela, etc. E uma vez que ela reconhece a importância desses símbolos ou dessas involutas, bem como seu papel na construção da identidade, eles também constituem uma parte importante de sua ficção. O desenvolvimento dos personagens nos romances de Woolf muito frequentemente se baseiam nesse processo de forjar símbolos pessoais por meio da experiência e da associação de imagens. Pode-se pensar, por exemplo, em Lily Briscoe, em *Ao farol*, e sua estranha mas inabalável associação com a imagem de uma mesa numa árvore ou do sr. Bankes, com as batatas (p. 137). Lisa Ruddick, em sua discussão do mesmo romance, também destaca o papel-chave exercido por símbolos visuais específicos – não apenas para os personagens à medida que eles são desenvolvidos, mas também para o leitor, sobre o qual ela diz que "o constante retorno a uns poucos objetos cênicos [...] permite que cada um deles se torne irreversivelmente associado na mente do leitor. Cada vez que o objeto ressurge na narrativa, ele ativa simultaneamente uma multiplicidade de associações" (RUDDICK, 1977, p. 21). A descrição que Ruddick faz do uso do simbolismo visual por parte de Woolf está muito próxima da descrição da involuta dequinceyana.

É na fascinação dos dois pelas involutas, assim como no constante foco, por parte de ambos, na vida interior em todas as suas formas, que Woolf e De Quincey se assemelham mais fortemente como (auto)biógrafos. A esse respeito, Woolf está muito mais próxima de De Quincey que do pai, cuja abordagem da escrita biográfica é muito mais exterior e objetiva. Entretanto, mesmo num tema em que eles parecem tão claramente estar em desacordo, Woolf mostra algumas similaridades com Stephen. Ela respeita seus julgamentos como crítico e suas observações como biógrafo, o que se torna óbvio à medida que se leem os ensaios de De Quincey junto com os dele. Além de se concentrar em muitos dos mesmos aspectos da obra de De Quincey tal como destacados originalmente por Stephen, a avaliação geral que ela faz de sua autobiografia é muito parecida com a do pai. Isso é particularmente claro na identificação e descrição de Woolf daquilo que ela vê como defeitos de De Quincey.

Embora Woolf goste imensamente da escrita de De Quincey – na verdade, pode-se razoavelmente contá-lo entre seus autores favoritos e, certamente, entre seus ensaístas favoritos – ela também reconhece que "como autobiógrafo, ele é passível de grandes defeitos" (WOOLF, 1996, v. IV, p. 5). Mas como pode isso se dar, pergunta-se ela, em vista dos muitos talentos e qualidades que acabara de descrever? "Com essas percepções e intenções", reflete Woolf no ensaio, "é estranho que De Quincey não tenha conseguido se situar entre os grandes autobiógrafos de nossa literatura." A título de explicação, ela alude a dois dos principais defeitos de sua escrita, os quais foram também identificados por Stephen. O primeiro deles é a prolixidade. Woolf escreve que De Quincey é "difuso e redundante", tornando-se vítima de sua própria e "fatal verbosidade", e tendendo a se desviar de seu argumento específico e se emaranhando em infindáveis digressões (p. 4-5). É um defeito detalhadamente discutido também em "O coche postal inglês", mas sua semente pode ter sido plantada antes, por intermédio de suas leituras dos estudos de Stephen datados de 1874 e 1888. No *Dicionário da biografia* nacional (1888), Stephen chama De Quincey de "intoleravelmente discursivo e tagarela" (p. 390); e em *Horas numa biblioteca* (1874), ele o acusa de ser "prolixo" (p. 249), "o mais difuso dos escritores" (p. 247), e lamenta o quão frequentemente, na escrita de De Quincey, "a primeira digressão desvia-se do fio condutor do discurso" (p. 268).

Naturalmente, a maioria dos leitores concordaria que De Quincey é, de fato, um escritor muito digressivo, e pode simplesmente ser o caso de que tanto Stephen quanto Woolf sentiam a necessidade de dizê-lo, em termos que são muito similares mas não idênticos. E, contudo, a descrição que Woolf faz da segunda imperfeição na autobiografia de De Quincey também está muito próxima da avaliação de seu pai. Em 1874, Stephen escreve que o livro *Confissões*, apesar de sua singularidade, não consegue, no final das contas, atingir o nível das biografias realmente grandes, em especial a de Rousseau. Isso porque o leitor percebe que De Quincey está, de alguma forma, se esquivando de uma revelação plena. "Uma vez que as respectivas confissões se baseiam num interesse pela revelação da personalidade", escreve ele, "Rousseau é mais emocionante quase na mesma proporção em que ele confessa uma fraqueza maior" (p. 258-259). Comparem isso com a declaração de Woolf de que "quando se trata de dizer a verdade sobre si mesmo, [De Quincey] se esquiva da tarefa [...] A franqueza que nos fascina nas confissões de Rousseau [...] lhe era detestável" (WOOLF, 1996, v. IV, p. 5). Esse tipo de coincidência entre as análises de Woolf e as de seu pai sugere que ela de fato lera os estudos de Stephen sobre o tema (talvez como pesquisa para seus próprios ensaios, ou talvez mais cedo, antes de seu primeiro encontro com os textos de De Quincey).

Sabemos que a educação e os hábitos de leitura de Woolf se formaram principalmente em casa, e que a influência do pai era compreensivelmente grande. Apesar de suas diferenças, entretanto, traços de Stephen permanecem em sua obra, tal como é igualmente óbvio no ensaio "Uma prosa apaixonada".

Sobre uma prosa apaixonada, ou a poesia em prosa

Woolf escreveu "Uma prosa apaixonada", seu segundo ensaio sobre De Quincey, em 1926. Diferentemente de "O coche postal inglês" ou de "A autobiografia de De Quincey", ele não se centra em textos específicos do autor, mas, em vez disso, trata de um aspecto estilístico comum a boa parte de sua obra. Woolf refere-se a esse estilo como "uma prosa apaixonada", usando o termo que De Quincey cunhou em seu prefácio à coletânea *Selections, Grave and Gay* (*Variedades, graves e gaias*), datada de 1853. De Quincey escreve no prefácio:

> Finalmente, como uma terceira classe, e, em virtude de seu objetivo, como um tipo muito superior de composição [...] listo *Confissões de um comedor de ópio inglês* e também (mas mais enfaticamente) *Suspiria de profundis*. Sobre elas, como modos de prosa apaixonada que não se pode classificar, ao que eu saiba, sob nenhum rótulo antecedente, em qualquer literatura, é muito mais difícil de falar com justeza, seja em caráter hostil ou amistoso (DE QUINCEY, 2003, v. XX, p. 16).

De modo um tanto desconcertante, De Quincey muda de assunto, para discutir as condições editoriais das duas obras e sua inclusão na série, sem nenhuma explicação real sobre o termo que acabara de cunhar. O que ele quer dizer com "prosa apaixonada" não fica, pois, imediatamente claro. De maneira ainda mais problemática, o significado do adjetivo que qualifica a prosa se dilui e se confunde com outras instâncias da palavra no mesmo texto. Antes de chegar ao terceiro item de sua lista tal como citada antes, ele já falara de um "interesse apaixonado" da parte do leitor (p. 12), e usa o termo muitas outras vezes depois disso, em contextos que necessariamente não se combinam. Em *Horas numa biblioteca*, Stephen interpreta o qualificativo "apaixonado" dando-lhe o significado de "lírico" ou de "prosa poética". Ele diz que, na linguagem de Quincey, "a peculiaridade real não está na paixão expressada, mas no modo de expressá-la" (STEPHEN, 1874, p. 241). Tal como o "morcego", a prosa de De Quincey é um híbrido, situado em algum lugar entre o prosaico e o lírico: "Ao decidir se um morcego deve ser classificado como pássaro ou animal", escreve Stephen, "temos que determinar a natureza do animal e a verdadeira teoria de suas asas. E De Quincey, se a comparação não for demasiado estranha, é como o morcego, uma figura ambígua, erguendo-se, nas asas da prosa, à região poética real" (p. 240). Stephen discute os aspectos poéticos do estilo de sua prosa e como "podemos devanear que se a linguagem de De Quincey fosse esvaziada de todo significado possível, o simples som das palavras nos afetariam" (p. 241). Ele conclui que "em suma, De Quincey faz em prosa o que todo grande poeta faz em verso" e que seus textos são capazes de "produzir efeitos poéticos sem a ajuda da métrica" (p. 242).

Chegamos aqui ao principal ponto de similaridade entre os textos de Woolf e os de Stephen. Embora o termo "prosa apaixonada" tivesse começado a ganhar espaço em discussões da obra de De Quincey a partir, mais ou menos, de 1854 (NORTH, p. 28), essas menções eram, com frequência, parte de resenhas e de outros meios aos quais provavelmente Woolf não tivesse tido acesso em 1926. Parece mais provável que sua atenção tivesse sido atraída ao conceito por intermédio do pai e dos livros por ele publicados e conservados na biblioteca da família. Isso porque, em comparação com o exemplo da involuta, o conceito de "prosa apaixonada" usado por De Quincey é de importância muito menos óbvia em sua obra. Ele está escondido num prefácio longo e um tanto tedioso, cujo propósito principal é o de categorizar os textos que se seguem e de se desculpar, detalhadamente, por uma série de aparentes defeitos (como é, com frequência, o caso nos prefácios de De Quincey). Entretanto, Woolf pensa que o conceito é importante e o interpreta em termos quase idênticos aos de seu pai. Tal como ele, ela diz, a respeito da escrita de De Quincey, que ela pode ser pensada como uma "prosa poética" (neste volume, p. 16). Embora De Quincey seja mais conhecido por sua colaboração em periódicos, "e os dezesseis volumes de suas obras reunidas estejam escritos inteiramente em prosa", Woolf sugere que, se tentarmos localizar com precisão a fonte real de seu apelo, "somos obrigados a confessar que, embora seja um escritor de prosa, é por sua poesia que o lemos e não por sua prosa" (p. 15).

Além disso, tal como o pai, ela tende a descrever De Quincey em termos de hibridismo e como inclassificável, dizendo que "há, em todas as épocas, escritores que desconcertam os críticos, que se recusam a seguir a manada. Eles se colocam obstinadamente do outro lado das linhas de fronteira" (p. 18). Compare-se isso com a analogia do morcego, feita por Stephen, e também com sua afirmação de que De Quincey "pertence a uma espécie da qual ele é o único espécime" (Stephen, 1874, p. 240). Finalmente, e talvez mais significativamente, há o que Woolf e Stephen identificam como a principal razão pela qual, na verdade, De Quincey nunca se tornou um poeta. Stephen escreve: "Se perguntarmos por que De Quincey, que com tanta ousadia se entrincheirou na província privativa do poeta, ainda assim fracassou no uso da forma poética, há uma só e óbvia resposta. [...] Ele é absolutamente incapaz de *concentração*" (p. 247, ênfase minha). Woolf é da mesma opinião, e escreve que, apesar de toda a sua inclinação poética e da escrita lírica, De Quincey era, ainda assim, pouco talhado para a poesia real: "apesar de toda a sua sensibilidade poética, ele não era um poeta. Faltavam-lhe o ardor e a concentração" (neste livro, p. 18). A ideia da concentração e de seu vínculo com a escrita (incluindo, especificamente, a poesia em prosa) é uma ideia que retorna mais tarde em sua carreira,[10] e, assim, a possibilidade de ela ter sido inicialmente sugerida pela escrita crítica do pai não é um detalhe insignificante.

Naturalmente, em suas respectivas descrições do estilo em prosa de De Quincey também encontramos muitas diferenças. Embora ambos façam amplo uso das costumeiras metáforas baseadas na música, as diferenças pessoais também abundam. O alpinista Stephen fala, com frequência, sobre a prosa em termos de andar e marchar (ele escreve que "em geral nossos grandes escritores se contentam com um passo imponente mas monótono", e fala também de trotes lentos ou de passos de dança como a galharda e a courante (STEPHEN, 1874, p. 241);[11] enquanto, em "Uma prosa apaixonada" temos as metáforas muito mais woolfianas de ecos, de anéis de som e, especialmente, de ondas. Outra grande diferença está na atitude geral de cada um deles relativamente ao respectivo objeto de estudo e na sua opinião final quanto aos méritos de De Quincey como autor. O louvor que Stephen faz de De Quincey (assim como sua paráfrase do louvor que De Quincey faz de si mesmo) é, com frequência, colorida com considerável ironia, enquanto Woolf é mais genuinamente empolgada em sua admiração, apesar de ela saber quais são os defeitos de De Quincey. Isso se deve, talvez, ao fato de que De Quincey, em seus melhores momentos, chega muito perto do tipo de escrita que ela tem em mais alta conta. Ele mostra muitos dos atributos estéticos essenciais que a própria Woolf constantemente defende em seus ensaios e usa em sua ficção.

Já vimos quanto isso é verdade no caso da escrita biográfica, e como Woolf valoriza De Quincey como um dos grandes e primeiros autores da interioridade, uma forma que ela também busca aperfeiçoar em sua própria escrita e frequentemente defende em seus ensaios (não apenas em "A nova biografia" e em "A arte da biografia", tal como aqui examinado, mas mais notoriamente em "A ficção moderna"). Mas os dois são também semelhantes no estilo de prosa. Se aceitamos o julgamento de Woolf e de Stephen de que as sentenças longas, sinuosas, e a imagística lírica de De Quincey são formas de "poesia em prosa", então, é interessante registrar o quanto o termo é também uma descrição apropriada da escrita de Woolf. Muitos estudiosos de Woolf e linguistas ingleses têm classificado sua prosa como sendo distintamente similar, em entonação e sintaxe, ao poema. Geoffrey Leech, um estudioso da estilística, tem registrado muitas das características poéticas e o "metro poético" de suas frases, destacando a sintaxe progressiva e parentética como uma de suas características estruturais definidoras. Ele explica que "a estrutura progressiva é o tipo de estrutura sintática em que as orações são enfileiradas uma atrás da outra, de acordo com o princípio da 'adição' da fala cotidiana", e que a sintaxe de Woolf tende a ligar uma oração à outra "como se elas fossem contas entrelaçadas" (LEECH, 2008, p. 141). Isso também é típico de De Quincey, de quem Woolf diz, em "A autobiografia de De Quincey": "ele descobriu o rolo da frase longa, que enrola e desenrola suas espirais, que erige sua culminância cada vez mais no alto" (WOOLF, 1966, v. IV, p. 3).

Leech também destaca o uso estranhamente frequente e complexo do parêntesis e das estruturas baseadas no parêntesis, tal como faz a pesquisadora woolfiana Jane Goldman,[12] e diz que essas estruturas têm o efeito de "quebrar a linearidade do texto à medida que o locutor/narrador espontaneamente faz digressões" (LEECH, 2008, p. 141). Essas digressões também criam a impressão do tempo se encurtando e se expandindo. Auerbach, de forma memorável, comentou, em *Mimesis*, esse aspecto da obra de Woolf, escrevendo que a interrupção de certas cenas para explorar detalhadamente as impressões mentais de um personagem "requerem muito mais tempo na narrativa do que a cena inteira pode possivelmente ter durado", criando uma espécie de distorção temporal ou intumescência no interior do texto à medida que a cena física se abre para outros panoramas mentais (Auerbach, 2003, p. 527).[13] Uma série de críticos destacam esse aspecto da obra de Woolf, e Harvena Richter, por exemplo, atribui-lhe claramente à influência de De Quincey. "É a De Quincey", escreve ela, "que Woolf possivelmente deve muito de seu método perceptivo, em especial a consciência da contração e expansão do tempo, do espaço e da matéria" (Richter, 1970, p. 91). A possibilidade parece provável, especialmente à luz de um comentário que Woolf faz em "Uma prosa apaixonada". Em relação ao que ela vê como as "mais perfeitas passagens" de De Quincey, Woolf diz que elas são "descrições de estados da mente nos quais, com frequência, o tempo é milagrosamente prolongado, e o espaço, miraculosamente expandido" (neste livro, p. 25). Por todas essas razões, podemos, com confiança, dizer que existe uma semelhança real e mensurável entre aquelas qualidades que Woolf destaca como distintivas ou louváveis na escrita de De Quincey e as qualidades que os críticos têm, desde então, identificado em sua obra. O rótulo de "prosa apaixonada" ou de "poesia em prosa", serve para descrever, em grau igual, senão maior, tanto a obra de Woolf quanto a de De Quincey. Leech provavelmente concordaria; após uma longa análise do texto de Woolf, "A marca na parede" (em *A arte da brevidade*, Autêntica), ele acaba por concluir (em termos em nada diferentes dos usados por Woolf) que se trata de "um poema lírico escrito em prosa" (Leech, 2008, p. 160).

Essa semelhança entre Woolf e De Quincey ou, ao menos, entre Woolf e a imagem que ela faz dele, é o que mais transparece em "Uma prosa apaixonada". Se esse ensaio é, de fato, uma descrição completa (ou completamente acurada) é, entretanto, outra questão, uma vez que praticamente qualquer leitor de De Quincey notará o tamanho incomum de suas frases e o uso abundante dos parênteses e da digressão, mas provavelmente bem poucos o qualificariam como poético. Seja como for, a própria Woolf parece, de fato, se identificar com a escrita dele, e o fato de escolher De Quincey como tema de crítica tem a vantagem adicional de fornecer uma boa oportunidade de discutir uma das perenes preocupações estéticas de Woolf: o estado "materialista" atual da ficção e (talvez, de forma inesperada num ensaio cujo objeto declarado é De Quincey), especificamente, o estado atual dos romances. De fato, após uma breve introdução, o texto, então, prossegue, por quase um terço de sua extensão, para discutir o problema do romance realista, sem nenhuma menção a De Quincey, até a quarta página do brevíssimo ensaio de doze páginas.

O problema que Woolf trata nessa seção é o mesmo que fora discutido no ensaio "A ficção moderna": a saber, que a linguagem e o tema dos romancistas contemporâneos se tornaram demasiadamente prosaicos e materiais, limitando-os, assim, ao âmbito e à profundidade da experiência humana que eles são capazes de expressar. De Quincey, aparentemente, é relevante quanto a esse tema pela maneira como ele usa o meio da prosa para abordar temas não-materiais ou poéticos. Mas é, entretanto, surpreendente ver esse autor particular, que lidou, sobretudo, com ensaios e autobiografia, envolvido numa discussão da novela realista do século XX. O resultado é, todavia, eficaz, e os dois objetos de estudo, à primeira vista distantes, são elegantemente encaixados no ensaio.

"Uma prosa apaixonada" termina com a observação da maneira como De Quincey pode lançar mão de alguns dos mesmos temas e cenas identificados por Woolf como os *objetos-fetiches* dos materialistas (neste caso, o decididamente prosaico prato de todo dia) e, mesmo assim, tratá-los de uma maneira que é reflexiva, rica e poética, no melhor sentido do termo. Ao escrever até mesmo sobre os temas cotidianos dessa maneira, diz ela, De Quincey "alterava levemente as relações ordinárias. Ele deslocava os valores das coisas familiares. E isso ele fazia em prosa, o que nos leva, então, a especular [...] se o escritor de prosa, o romancista, não poderia apreender verdades mais plenas e apuradas do que as que estão agora em seu alvo" (neste livro, p. 26). De novo, é difícil não pensar em Woolf e seus romances em passagens como essa, uma vez que elas descrevem tão acuradamente algumas das melhores e mais características qualidades de seu trabalho.

Conclusões: Woolf e seus modelos

O leitor terá, sem dúvida, notado, nesta altura, quão pouco foi dito sobre o próprio De Quincey e o conjunto de sua obra. Mas esse deve ser, inevitavelmente, o resultado de uma análise dos três ensaios de Woolf. Em primeiro lugar, eles são muito curtos: em comparação, até mesmo o verbete do dicionário de Stephen chega a cerca de cinco mil palavras, quase o dobro de "Uma autobiografia de De Quincey" ou de "Uma prosa apaixonada". Em segundo lugar, a leitura que Woolf faz de De Quincey é de natureza altamente idiossincrática, como vimos. Seu foco crítico no autor, o que ela escolhe para destacar como distintivo ou valioso na obra de De Quincey diz mais, em última análise, sobre o estilo de sua própria obra e seus interesses teóricos do que sobre os textos-fontes. É certo que o lugar de De Quincey no gênero da autobiografia é bastante reconhecido e que seus pensamentos sobre a vida interior do sujeito (assim como sobre as involutas, e como elas podem ser compreendidas em termos psicanalíticos) têm se tornado agora áreas importantes dos estudos dequinceyanos. Mas o que dizer do papel da adição em sua vida e da escrita biográfica? Sobre esse tema Woolf tem bem menos a dizer, e a escolha que fez em se centrar na prosa apaixonada parece, de igual forma, guiada por seu próprio sentimento de identificação com De Quincey em conjunto com a influência *a priori* do pai.

Em outras palavras, Woolf vê o que ela quer ou o que ela está preparada para ver em De Quincey, e a compreensão que ela tem dele é fortemente mediada tanto pelas leituras do pai como por suas próprias necessidades como teórica. O resultado é uma série de ensaios impressionistas, pessoais, nos quais De Quincey aparece mais como pretexto do que como objeto de estudo. Entretanto, apesar disso tudo, as três composições continuam sendo uma descrição muito atraente e – deve-se dizê-lo – muito bonita de um dos autores favoritos de Woolf. Elas fornecem um recurso útil para os estudiosos woolfianos, se é que não o fazem também para os dequinceyanos que desejam saber mais sobre o projeto estético do autor tal como esboçado em outro local da obra da autora. Elas também são particularmente úteis em vista do que se tornou recentemente uma área mais contestada dos estudos woolfianos: a saber, suas relações familiares. Esse tipo de estudo começou a questionar mais seriamente em que medida a narrativa tradicional de Stephen como vilão, repressivo, na vida de Woolf ainda pode ser julgada como válida.

Stephen tem sido, por muito tempo, retratado nos estudos woolfianos como "o pai vitoriano arquetípico, com todas as dificuldades inerentes a esse tipo histórico" (DeSalvo, 1987, p. 106), de maneira que "é usual fazer de Leslie Stephen o vilão no drama pessoal de Virginia Woolf" (Showalter, 1977, p. 266). Em muitos casos, essa narrativa de rebelião filha-pai torna-se, então, uma narrativa de rebelião artística, servindo como uma espécie de alegoria para a transição do pensamento vitoriano para o modernista. Naturalmente, em certa medida e em certos casos, essa narrativa pode muito bem se tornar verdadeira, e eu mesma sugeri em outro local que ela pode fornecer um modo útil de examinar o tipo de abordagem do gênero específico da biografia feito por Woolf. Entretanto, nos últimos anos, tem se tornado crescentemente comum considerar a relação de Woolf com o pai, e por extensão com os vitorianos, segundo linhas levemente diferentes – não meramente em termos de rejeição e inovação, mas também de continuidade. Um livro em particular, *Virginia Woolf and the Victorians*, de Steve Ellis (2007), reavalia de maneira convincente a posição de Woolf em relação à sua herança literária e familiar.

Como explica Ellis, Woolf nasceu naquilo que era, essencialmente, a aristocracia intelectual vitoriana, tornando, em especial, sua tradição literária uma parte inescapável de sua vida pessoal. Ellis observa que "a rede social e cultural complexa que chegava até Woolf vinda da família Stephen realmente incorporava Woolf ao passado vitoriano, e unia o literário ao familiar" (p. 11). Sua relação com esse legado, como tenho enfatizado aqui, era dupla. Por um lado, muitas de suas observações sobre os vitorianos (por exemplo, algumas das mais agudas, aqui citadas, extraídas do ensaio "A nova biografia") são severa e inequivocamente negativas, especialmente quando se trata daquilo que Woolf vê como sua atrofia emocional. Ellis admite esse receio específico (em referência à "distinção que Woolf fará ao longo de toda a sua carreira entre uma franqueza moderna ao lidar com as emoções e uma 'supressão' vitoriana" (p. 12), mas não acha que seja a característica definidora da relação, que é, de igual modo, frequentemente marcada por "uma busca de continuidades geracionais" (p. 15). O que foi apresentado aqui, ao examinar tanto as rupturas quanto as continuidades aparentes nos ensaios de Woolf e de Stephen, é uma tentativa de continuar na mesma linha de investigação adotada por Ellis e outros, na esperança de que isso possa melhor esclarecer a relação frequentemente contraditória de Woolf com seus ancestrais, tanto os literários quanto os literais.

Notas

As notas a seguir são da autora, a não ser quando explicitamente creditadas ao tradutor.

[1] Um dos estudos que merece ser registrado é o capítulo de autoria de Andrew McNeillie no livro *The Cambridge Companion to Virginia Woolf*. McNeillie registra não apenas o fato de que Julia Stephen mantinha um exemplar de *Confissões de um comedor de ópio* em sua mesinha de cabeceira, mas também a importância pouco reconhecida de De Quincey na estética de Woolf: "[...] devemos nos voltar para o sr. Carmichael, o poeta da guerra, anacrônico, emergente, em *Ao farol*, com as reveladoras manchas amarelas na barba; a estética dequinceyana é, de fato, central à seção 'O tempo passa' desse romance". Efetivamente, De Quincey foi um escritor sobre o qual Woolf escreveu com algum detalhe (o ensaio "Uma prosa apaixonada" foi escrito enquanto ela, simultaneamente, trabalhava em *Ao farol*). Um de seus primeiros artigos publicados, e um de seus ensaios mais longos, "O coche postal inglês", é sobre ele. Ele é, ao menos, tão importante para sua estética quanto Walter Pater, sobre o qual ela faz, de passagem, apenas breves comentários. Há também várias menções reveladoras a De Quincey e sua presença na obra de Woolf no excelente estudo de Harvena Richter, *Virginia Woolf: the Inward Voyage*, algumas das quais são aqui mencionadas.

[2] Em "A Sea Change: Thomas de Quincey e Mr. Carmichael in *To the Lighthouse*", John Ferguson argumenta que o personagem de Woolf se baseia no autor do século dezenove, opinião que é também abraçada por Matthew Tildesley. Num artigo de 1994, entretanto, Ellen Tremper questiona seriamente essa teoria com base numa releitura dos mesmos textos holográficos utilizados por Ferguson. Entretanto, outros críticos identificaram fontes totalmente diferentes para o personagem do sr. Carmichael, mais notavelmente, T. S. Eliot (McIntire, p. 84).

[3] Elena Gualtieri, por exemplo, faz um breve mas útil resumo dos estudos de Woolf sobre De Quincey em sua obra sobre os ensaios de Virginia Woolf (2000, p. 54-56). É de se registrar também a recente tese de doutorado de Chen Hsiu-yu, que compara os dois autores (*Romantic Dialogues: Writing the Self in De Quincey and Woolf*, 2013). Um breve artigo de Daniel Sanjiv Roberts chama a atenção para um caso de empréstimo linguístico por parte de Woolf; mais

exatamente, do termo "*a nugget of truth*" ("uma pepita de verdade"), uma expressão comumente atribuída a ela mas que, de fato, é invenção de De Quincey.

4 A sra. Cosham diz a Ralph que qualquer pessoa jovem que leia De Quincey nos dias de hoje é, de fato, "uma *avis rara*".

5 Ver as cartas de Woolf a Edward Sackville-West de 6 e 14 de fevereiro de 1926. Isso se passa perto da época em que ela está trabalhando no ensaio "Uma prosa apaixonada".

6 Deve-se observar aqui que McNeillie de fato menciona o ensaio de Stephen, *Horas numa biblioteca*. Ele escreve: "O pai de Woolf escreveu um ensaio sobre De Quincey, descrevendo-o como um ser 'que é como um morcego, um personagem ambíguo, erguendo-se nas asas da prosa em direção aos limites da verdadeira região poética'" (p. 6). Nada mais, entretanto, é dito sobre o assunto. Uma segunda crítica que tem chamado a atenção para a superposição entre o ensaio de Stephen e o de Woolf é Julian North, uma estudiosa da obra de De Quincey. Em *Thomas De Quincey's Critical Reception*, North (1997, p. 66-67) fornece um breve resumo dos ensaios de Woolf, bem como do capítulo de Stephen em *Horas numa biblioteca*, e também destaca certos pontos de similaridade entre eles, em especial, o foco no estilo da prosa de De Quincey.

8 No original, *involute*; termo utilizado na Geometria Analítica; na definição do dicionário Houaiss: uma involuta é uma "curva que se faz sobre a superfície tangente de outra curva e intercepta ortogonalmente as retas geradoras". O termo é também usado em malacologia para se referir a um tipo específico de concha de molusco. Aqui, entretanto, De Quincey parece ter extraído a palavra diretamente do Latim, que ele conhecia bem, dando-lhe o sentido descrito na passagem citada. Em Latim, o verbo *involvere* significa, segundo o dicionário de Francisco Torrinha, "envolver, cobrir, cercar". (Nota do Tradutor.)

9 Esse aspecto da obra de De Quincey deve-se, naturalmente, em grande parte, a Coleridge e, especialmente, à *Biographia*. O uso particular que Coleridge faz da imagística tem sido amplamente discutido em obras como *Coleridge on Imagination*, de I. A. Richards (1934, p. 32), inclusive no que diz

respeito à ideia de "soldagem" imagística. Antes disso, entretanto, T. S. Eliot já explorara o tópico em ensaios como "Os poetas metafísicos" (1921), com os quais Woolf estava, naturalmente, familiarizada, tal como ela estaria, mais tarde, também com o livro de Richards.

[10] Na entrada do diário referente ao dia 21 de fevereiro de 1927, enquanto Woolf trabalhava em *As ondas*, ela escreve sobre a visão que ela tinha do romance, e de seu desejo de escrever "distanciada dos fatos; livre, ainda que concentrada" (WOOLF, 1925, v. III, p. 128).

[11] Essa associação entre métrica, cadência e andar parece ser uma associação profundamente arraigada para Stephen. No ensaio "Leslie Stephen", Woolf nos fala do pai que: "com frequência, enquanto subia as escadas para o escritório com seu passo firme, regular, ele explodia, não numa canção, pois ele não era nada musical, mas numa estranha toada rítmica, pois versos de todos os tipos [...] se fixavam em sua memória, e o ato de andar ou subir parecia inspirá-lo a recitar seja lá o que fosse que lhe surgisse em primeiro lugar ou que se ajustasse ao seu humor" (WOOLF, 1966, v. IV, p. 76-77).

[12] Goldman (2015) refere-se ao "uso altamente estilizado dos parênteses" na prosa de Woolf (p. 32), os quais estão continuamente "encurralando e extirpando" uma profusão de impressões (p. 39).

[13] Auerbach (2003) qualifica como um tipo de "parênteses longos" essas interrupções da ação com o intuito de explorar o estado mental de um personagem (p. 530). Ele também lhes dá o título de "interlúdios" ou "digressões" (p. 532).

Referências bibliográficas

AUERBACH, Erich. *Mimesis: A Representation of Reality in Western Literature*. 1946. Trad. Willard R. Trask. Princeton: Princeton University Press, 2003.

DE QUINCEY, Thomas. *The Works of Thomas De Quincey*. Ed. Grevel Lindop. London: Pickering & Chatto, 2000-2003. 21 v.

DESALVO, Louise. As Miss Jan Says: Virginia Woolf's Early Journals. In: *Virginia Woolf and Bloomsbury: A Centenary*

Celebration. Ed. Jane Marcus. London: Palgrave Macmillan, 1987. p. 96-124.

ELLIS, Steve. *Virginia Woolf and the Victorians*. Cambridge: Cambridge UP, 2007.

FERGUSON, John. A Sea Change: Thomas De Quincey and Mr. Carmichael in To the Lighthouse. *Journal of Modern Literature*, v. 14, n. 1, p. 45-63, 1987.

GILBERT, Sandra M. Introduction to Orlando. In: *Virginia Woolf: Introductions to the Major Works*. Ed. Julia Briggs. London: Virago, 1994. p. 187-217.

GOLDMAN, Jane. *To the Lighthouse*'s Use of Language and Form. In: *The Cambridge Companion to To the Lighthouse*. Ed. Allison Pease. New York: Cambridge UP, 2015. p. 30-46.

GUALTIERI, Elena. *Virginia Woolf's Essays: Sketching the Past*. New York: Macmillan, 2000.

HSIU-YU, Chen. *Romantic Dialogues: Writing the Self in De Quincey and Woolf*. Durham, UK: Diss. Durham University, 2013.

LEECH, Geoffrey. *Language in Literature: Style and Foregrounding*. Singapore: Pearson, 2008.

MARCUS, Jane (Ed.) *New Feminist Essays on Virginia Woolf*. London: Macmillan, 1981.

MCINTIRE, Gabrielle. Feminism and Gender in *To the Lighthouse*. In: *The Cambridge Companion to To the Lighthouse*. Ed. Allison Pease. New York: Cambridge UP, 2015. p. 80-91.

MCNEILLIE, Andrew. Bloomsbury. *The Cambridge Companion to Virginia Woolf*. (2000.) Ed. Susan Sellers. Cambridge: Cambridge UP, 2010. p. 1-28.

NORTH, Julian. *De Quincey Reviewed: Thomas De Quincey' Critical Reception, 1821-1994*. Columbia, SC: Camden House, 1997.

RICHARDS, Ivor Armstrong. *Coleridge on Imagination*. London: Kegan Paul, Trench, Trubner & Co, 1934.

RICHTER, Harvena. *Virginia Woolf: the Inward Voyage*. Princeton: Princeton University Press, 1970.

ROBERTS, Daniel Sanjiv. "A nugget of pure truth": Woolf's Debt to De Quincey. *Notes and Queries*, v. 52, n. 1, 2005. p. 94-95.

RUDDICK, Lisa. *The Seen and the Unseen in To the Lighthouse.* Boston: Harvard UP, 1977.

SACKVILLE-WEST, Edward. *A Flame in Sunlight: The Life and Work of Thomas De Quincey.* London: Cassell and Co., 1936.

SHOWALTER, Elaine. *A Literature of Their Own. British Women Novelists From Brontë to Lessing.* Princeton: Princeton University Press, 1977.

SPALDING, Francis. *Virginia Woolf: Paper Darts. The Illustrated Letters.* New York: Collins & Brown, 1991.

STEPHEN, Leslie. The Decay of Murder. *Cornhill Magazine*, n. 20, p. 722-733, 1869.

STEPHEN, Leslie. De Quincey. In: *De Quincey: Selections, with essays by Leslie Stephen and Francis Thompson; with an introduction and notes by M.R. Ridley.* Eds Ridley, Stephen, and Thompson. Oxford: Clarendon Press, 1927.

STEPHEN, Leslie. De Quincey, Thomas (1785-1859). In: *Dictionary of National Biography.* Ed. Stephen Leslie. London: Smith, Elder & Co., 1888. p. 385-391, v. 14.

STEPHEN, Leslie. Thomas De Quincey. In: *Hours in a Library.* London: Smith, Elder & Co., 1874. p. 237-268, v. 1.

TILDESLEY, Matthew. Knocking on the Lighthouse Gate: Further Connections between Thomas De Quincey and Virginia Woolf's *To the Lighthouse. Neophilologus*, v. 98, n. 3, 2014. p. 517-525.

TREMPER, Ellen. "The Earth of Our Earliest Life": Mr. Carmichael in To the Lighthouse. *Journal of Modern Literature*, v. 19, n. 1, p. 163-171, 1994.

TORGOVNICK, Marianna. *The Visual Arts, Pictorialism and the Novel.* 1985. Princeton: Princeton University Press, 1997.

WOOLF, Virginia. *Collected Essays.* London: Hogarth Press, 1966. 4 v.

WOOLF, Virginia. *The Diary of Virginia Woolf.* Ed. Anne Olivier Bell. London: Hogarth Press, 1977-1984. 5 v.

WOOLF, Virginia. (1972). *Moments of Being.* London: Pimlico, 2002.

WOOLF, Virginia. (1919). *Night and Day*. London: Hogarth Press, 1966.

WOOLF, Virginia. *Orlando: A Biography*. London: Hogarth Press, 1928.

WOOLF, Virginia. *Roger Fry: A Biography*. London: Hogarth Press, 1940.

WOOLF, Virginia. Sobre estar doente. In: *O sol e o peixe: prosas poéticas*. Tradução de Tomaz Tadeu. Belo Horizonte: Autêntica, 2015. p. 67-84.

Virginia Woolf:
entre a poesia e a prosa

Emily Kopley

A poesia era, para Virginia Woolf, rival e musa. Tanto em público quanto na intimidade, Virginia afirmou, ao longo de toda a vida, que o verso métrico é incapaz de capturar a vida moderna, que ele restringe a expressão, que é pouco ousado e que não é nada democrático. Essa visão era inspirada por sua percepção de que o verso, desde a época de Gutenberg (ou de Caxton, na Inglaterra), devido a suas convenções, instituições e associações, era patriarcal. Referendando o romance, o gênero que permitira a ascensão das mulheres escritoras, Virginia argumentava que a liberdade da prosa se ajustava ao turbulento mundo moderno. Entretanto a forma rival proporcionava a Virginia algo que merecia ser preservado. Ela identificava o verso métrico como um veículo eficiente para a vida interior, porque, em sua visão, os recursos do "eu" lírico, a linguagem figurativa e a recorrência sonora imitavam o fluxo dos pensamentos e faziam com que eles fossem reativados em quem o lesse. Para transmitir a vida interior na prosa, Virginia recorria às técnicas do verso. E ela consumia não apenas a forma da poesia, mas também o próprio termo: às vezes ela descrevia a grande literatura escrita em prosa como "poesia", para tomar de empréstimo a dignidade da palavra. Sem sua percepção da poesia como a nobre competidora do romance, é quase certo que Woolf não teria feito suas extraordinárias descobertas da forma artística. O presente texto, em grande parte extraído do livro *Virginia Woolf and Poetry* (Oxford University Press, 2021), esboça as mutáveis perspectivas de Virginia sobre a poesia ao examinar, em ordem cronológica, seus principais ensaios sobre essa forma literária.

A música de rua

A prosa foi, desde a infância, o meio natural de Virginia; ela raramente experimentou o verso e, a sério, apenas no fim da vida. Mas o modo de expressão que, por instinto, escolheu, ela analisou deliberadamente. Em meados do início do século XX, acreditava Virginia, a poesia lírica e o drama versificado não conseguiam mais expressar a complexidade da vida moderna. Ela prediz, no ensaio "A poesia, a ficção e o futuro", que "estamos indo na direção da prosa" (neste livro, p. 87). Não é preciso compartilhar da visão de Virginia de que o verso é uma forma obsoleta para reconhecer que essa visão estimulou sua própria inovação literária. A prosa e o verso eram, para Virginia, as eternas alternativas. O reconhecimento desse fato nos ajuda a ver toda a obra de Virginia, publicada ou não, com exceção de suas poucas incursões no verso, como formalmente unificada. O romance, o conto, a biografia, o ensaio, o diário, a correspondência, o drama: em cada um desses gêneros, Virginia explora as possibilidades da prosa inglesa.

O ensaio "A música de rua", de 1905, escrito por Virginia Stephen (a quem me referirei como Virginia Woolf, uma vez que é por esse sobrenome que a conhecemos), aos 23 anos, revela o nascente ouvido da escritora para o ritmo, uma das características formais definidoras da poesia. O ensaio celebra o ritmo da música pelo "instinto selvagem e inumano" que ela provoca, e argumenta que o desprezo britânico pela música de rua deriva de um desejo de reprimir a emoção. Virginia escreve:

> [A] arte da escrita, que está estreitamente ligada à arte da música [...] está degenerada sobretudo por ter esquecido essa ligação. Deveríamos inventar – ou, melhor, relembrar – os inumeráveis metros que por tanto tempo temos injuriado e que restituiriam tanto a prosa quanto a arte poética às harmonias que os antigos ouviam e observavam (p. 59).

Influenciada por sua educação no grego antigo e por sua afeição pelas coisas esquecidas, Virginia recomenda um ressurgimento dos metros de outrora como um modo de restabelecimento das "harmonias" clássicas. Sua débil visão das regras do verso, manifestada em outras passagens de sua obra, faz aqui uma concessão a regras tão negligenciadas que nem sequer fazem parte da competência de homens academicamente treinados. Após essa passagem, ela supõe que uma profunda sensação do ritmo melhoraria até mesmo a nossa conversação cotidiana e, talvez, de modo mais surpreendente, refinaria nosso sentimento de empatia. Esse surpreendente ensaio, que se pode ler como um manifesto-no-útero em prol de seu romance *As ondas* (1931), revela como, desde cedo, Virginia pensava em combinar diferentes formas de arte, tal como aqui ela compara a música com a prosa e a poesia. Ele mostra também a apreciação que Virginia tinha pelo ritmo não apenas na poesia, mas em qualquer forma de linguagem – uma apreciação ao mesmo tempo generosa em relação ao ritmo e ameaçadora em relação ao verso. Toda linguagem, oral ou escrita, tem ritmo, justamente o que torna possível a base tradicional do verso, a repetição de um pequeno número de breves ritmos, tons ou sílabas. O ritmo da prosa não é, em geral, meticulosamente examinado, de modo que dar a ele maior atenção põe a prosa em competição com o verso. Woolf já argumenta que a prosa pode absorver aspectos formais da poesia, um argumento que ela perseguiria pelo resto da vida, explicitamente, nos ensaios e, implicitamente, na ficção.

Manifestos de um canibal

Em "O sr. Bennett e a sra. Brown" (1923) e ensaios similares do final dos anos 1910 e do início dos anos 1920, Virginia critica a tendência dos romancistas edwardianos de criar um personagem através do esboço de seu ambiente em vez de seu interior. Ao mesmo tempo que escreve esses ensaios, ela trabalha no seu segundo romance, *Dia e noite* (1919), sob muitos aspectos formalmente convencional, e nos seguintes, *O quarto de Jacob* (1922) e *Mrs Dalloway* (1925). Ela também está mergulhada numa poesia inglesa canônica: entre 1918 e 1922, registra em seu diário que está lendo Chaucer, Shakespeare, Milton, Pope, Wordsworth, Byron e Christina Rossetti. E está publicando poesia contemporânea na Hogarth Press, a editora que ela e o marido, Leonard, fundaram em 1917.

Em 1926, enquanto escreve *Ao farol*, Virginia deixa de debater com os romancistas contemporâneos para debater com os poetas contemporâneos, especialmente com os líricos. Ela abandona a posição de considerar os romancistas como seus ancestrais, concorrentes e companheiros de aventura e passa a tratar os poetas dessa mesma maneira. Dirigindo sua crítica, de um lado, contra os romancistas realistas e, de outro, contra a poesia e a poesia lírica em particular, Virginia, uma romancista lírica, se situa no centro. Ao escrever coletivamente sobre os poetas contemporâneos, a acusação constante de Virginia é que eles são demasiadamente absortos em si mesmos, tornando-se incapazes de falar pela comunidade. Frustrada tanto com o romance quanto com a poesia contemporânea, ela preconiza uma literatura que combine o impessoal com o pessoal, a vida exterior com a interior. Ela define esse tipo de literatura ao longo de uma série de ensaios que culminam com o livro *Um quarto só seu* (1929).

"Uma prosa apaixonada", publicado em setembro de 1926, é uma avaliação da obra de Thomas De Quincey que põe em xeque a suposta distinção entre a poesia e a prosa – mais especificamente, entre a poesia e o romance. Significativamente, Virginia compôs esse ensaio enquanto trabalhava no rascunho de "O tempo passa", a seção central de *Ao farol*, que inclui algumas das passagens mais apaixonadas de sua própria prosa. Já no início do ensaio, Virginia escreve: "se os críticos concordam em algum ponto é neste, de que nada é mais repreensível do que um escritor de prosa que escreve como um poeta. Poesia é poesia e prosa é prosa – quantas vezes não ouvimos isso!" (p. 16). Em desacordo com esses críticos fictícios, Woolf enaltece aqueles escritores que "se colocam obstinadamente do outro lado das linhas de fronteira" como, por exemplo, De Quincey, que, usando a prosa, combinava suavemente "seu inimigo, o fato sólido" (p. 22) com os "ardores e êxtases" (p. 20). Embora ele próprio não fosse um romancista, ele estabelece um modelo, conclui Virginia, para "o escritor de prosa, o romancista" se aventurar "naquelas obscuras regiões em que De Quincey esteve antes dele" (p. 26). Ao propor esse argumento, Virginia indica que a diferença entre a poesia e a prosa não é uma diferença de técnica formal – uma questão de presença ou ausência do metro, da rima, das quebras de linha – mas, antes, uma questão de conteúdo. A prosa trabalha com os detalhes do cotidiano, ("o ovo [...] e a chaleira"); a poesia trabalha com as grandes ideias e os grandes símbolos ("o Tempo e a Morte [...] as estrelas e os rouxinóis") (p. 17). Além disso, a prosa trata da sociedade, "do personagem e da ação", enquanto a poesia – incluindo a "poesia em prosa" – trata "[d]aquele lado da mente que se evidencia na solitude" (p. 17). Virginia tem claramente em vista a poesia lírica em particular.

Em seguida a "Uma prosa apaixonada", Virginia reconhece, no ensaio "Como se deve ler um livro", de outubro de 1926, as características formais da poesia: "ler poesia parece, muitas vezes, um estado de rapsódia em que a rima e o metro e o som excitam a mente tal como o vinho e a dança excitam o corpo, e continuamos a ler, compreendendo com os sentidos, não com o intelecto, num estado de intoxicação" (1926, p. 396). Desenvolvendo a ideia da poesia como intoxicante, Virginia explica: "Contudo a intoxicação e a intensidade do deleite dependem da exatidão e autenticidade da imagem" (p. 396). Para causar o prazer estonteante de um marinheiro bêbado, a poesia deve fornecer a metáfora precisa, dizer a verdade perfeitamente sob a perspectiva exata. O efeito da poesia, sugere ela, é mais duramente conquistado que o da prosa, obtido com a manipulação da forma e da fidelidade à verdade imaginativa – isso a despeito de sua opinião, expressa em outro local, de que é mais fácil compor o verso que a prosa porque o primeiro é guiado por regras métricas. No ensaio "A poesia, a ficção e o futuro" (1927), Virginia reúne as ideias dos dois ensaios de 1926, descrevendo a poesia como verso com um conteúdo particular. A poesia "sempre insistiu em certos direitos, tais como a rima, o metro, a dicção poética", diz ela, ligando a poesia à forma literária chamada verso (p. 86). Sobre o conteúdo da poesia em vez de sua forma, ela escreve que o poeta propicia "a relação entre a mente e as ideias gerais e seu solilóquio em solitude" (p. 88). O ensaio aborda "o fracasso da poesia em nos servir como serviu a tantas gerações de nossos antepassados" (p. 78). Woolf propõe que a atitude atual faz com que as condições sejam impróprias para o poema lírico, que, historicamente, tem estado "do lado da beleza" (p. 86). Outrora, os dramas poéticos elisabetanos, com sua mistura de solilóquios e ação, captavam uma atitude semelhante à presente, preocupada com a descrença e o conflito e a busca da ordem. Agora, os poemas líricos contemporâneos são, em geral, pobres, e o drama poético está em desuso, de forma que resta à prosa dar a solução. A prosa notabiliza-se pelo "poder de registrar os fatos" (p. 88), mas por que não deveria ela exercer seus poderes menos óbvios? Fixando sua própria tarefa, Virginia escreve: "É possível que as emoções [...] imputadas à mente moderna se submetam mais prontamente à prosa que à poesia. É possível que a prosa vá assumir – na verdade, já assumiu – algumas das tarefas que outrora estavam a cargo da poesia" (p. 87). Ela se pergunta se a prosa pode assumir esses encargos sem "rima e metro", e conclui com a sugestão de que a prosa deve "aprender um novo passo" – isto é, uma nova espécie de ritmo (p. 94). Em suma, a prosa pode concorrer com a poesia tanto em conteúdo quanto em técnica. Ao longo do ensaio, Virginia fala da prosa e da poesia não como complementares, mas como concorrentes, cada uma lutando para ser a forma da época. Ela argumenta que, nessa batalha entre as duas, a prosa está em vantagem por causa de sua capacidade de abranger muitas formas e capturar, assim, uma visão mais ampla da vida. Ao longo dos próximos "dez ou quinze anos", "aquele canibal, o romance", sugere ela, continuará a "devorar" outras formas, incluindo a poesia e o drama (p. 87).

Em "As fases da ficção", de 1929, Virginia leva o argumento de "A poesia, a ficção e o futuro" um pouco mais adiante. Aqui, ela mantém mais firmemente o argumento de que a prosa pode incluir elementos formais da poesia, tais como o "curioso ritmo de [...] fraseado" (p. 98), e audaciosamente prepara o terreno para suas próprias experimentações futuras. "É possível", especula Virginia nessa discussão, "que o perfeito romancista expresse uma espécie diferente de poesia ou que tenha o poder de expressá-la de uma maneira que não seja nociva às outras características do romance"

(p. 100). É difícil imaginar um leitor ou uma leitora, inclusive na época da primeira publicação do ensaio, que não suspeitasse de que a autora tivesse a si própria em mente.

Podemos, pois, compreender por que Virginia argumentou em *Um quarto só seu* que as mulheres devem escrever poesia: ela buscava apropriar-se do vocábulo para sua própria e desafiadora forma de prosa. O ensaio, cuja primeira frase anuncia seu foco nas "mulheres e na ficção", assume como premissa o acesso proibido das mulheres à poesia escrita em verso. No capítulo 1, a narradora tenta consultar o manuscrito de *Lycidas*, de Milton, mas lhe é negada a admissão, como mulher, à biblioteca acadêmica – implicitamente, a do Trinity College da Universidade de Cambridge, em que o manuscrito ainda é conservado; e, de fato, a biblioteca é especificada no rascunho do ensaio (WOOLF, 1992, p. 8). O restante do ensaio, que utiliza recursos tanto inocentes quanto astuciosos, desenvolve, entre seus vários temas, a ideia de que por muitos séculos o verso se manteve inacessível às mulheres. O manuscrito de *Lycidas* personifica toda a poesia inglesa e a cultura que a envolve; a exclusão literal da poesia que é imposta às mulheres torna-se metafórica. É por causa de sua exclusão metafórica, sugere Virginia, que as mulheres se voltaram para a prosa e, especificamente, para o romance. A união histórica entre "as mulheres e a ficção" resulta, pois, da desunião entre as mulheres e a poesia.

Do começo ao fim de *Um quarto só seu*, Virginia usa a palavra "poesia", algumas vezes para significar verso, outras para significar a grande literatura de qualquer forma, raramente explicando a qual significado se refere.

No parágrafo sobre *Lycidas*, que inclui a primeira ocorrência da palavra "poesia" no ensaio, seu significado já é impreciso. Pensando em Charles Lamb, a narradora reflete: "seus ensaios são superiores até mesmo aos de Max Beerbohm, pensei eu, com toda a sua perfeição, por causa daquele delirante lampejo da imaginação, daquele faiscante estalo de genialidade no meio deles que os deixa defeituosos e imperfeitos, mas estrelados de poesia" (WOOLF, 2005, p. 7). A narradora continua: "Certamente ele escreveu um ensaio – o título me escapa – sobre o manuscrito de um dos poemas de Milton que ele viu aqui. Era *Lycidas* talvez..." (p. 7). Num argumento que abre com a solicitação, negada, de uma mulher para consultar um manuscrito de poesia, a palavra "poesia" descreve, inicialmente, certas passagens dos ensaios de Lamb. Algumas páginas adiante, nossa narradora abre um livro para ler "os poetas" (p. 12), "a poesia" (p. 14): a mesma palavra descreve a prosa de Lamb e o verso de Tennyson e de Rossetti.

A persistente obscuridade semântica da palavra "poesia" antecipa dois argumentos sutis. Em primeiro lugar, o respeito cultural concedido ao grande verso deve também ser concedido à grande prosa – especialmente a de ficção, apesar da ênfase inicial que Virginia dá aos ensaios de Lamb. Em segundo lugar, as mulheres intrinsecamente partilham uma qualidade exibida no melhor verso, a falta de egoísmo. Sobre essa qualidade das mulheres, Virginia sugere: "Em geral gosto das mulheres. Gosto de sua falta de cerimônia. Gosto de sua sutileza. Gosto de sua anonimidade" (p. 109-110). Ao enfatizar a anonimidade, a peroração autoconsciente do ensaio celebra a labuta na "pobreza e na obscuridade" para acelerar a chegada de uma "poeta" messiânica – que pode não ser uma escritora de verso, mas, mais geralmente, uma escritora de grande literatura. Essa poeta é uma versão "renascida" das poetas "desconhecidas" do passado, uma poeta que pode "andar entre nós em carne e osso" e cujo advento depende da "preparação" das mulheres hoje (p. 112). Essas apressadas mulheres contemporâneas soam como os primeiros poetas da língua inglesa, tal como Virginia os descreve: "aqueles poetas esquecidos que prepararam o caminho e domaram a ferocidade natural da língua" (p. 65). Evidentemente esses primeiros poetas ingleses expressavam algo instintivo na humanidade, uma vez que "o impulso original era em direção à poesia" (p. 65). Na história literária um tanto apressada de Woolf nessa passagem, a "poesia" constituía, no início, um uso inato da língua para criar ordem, não tendo nada a ver com ser rico e educado e homem – tal como eram, no esquema simplificado de Virginia, todos os grandes poetas ingleses antes de Christina Rossetti. Nesse esquema, ser mulher constituía uma vantagem na tarefa de criar essa poesia instintiva, uma vez que (supõe Virginia, embora ela tivesse opinião diferente) os primeiros poetas e todas as mulheres partilhassem uma falta de egoísmo. Woolf resume com a bem conhecida frase: "Arriscaria a conjecturar que Anon, que escreveu tantos poemas sem assiná-los, era, com frequência, uma mulher" (p. 49).

Na continuação calculadamente sinuosa do ensaio, Woolf sugere que "o impulso original" tornou-se distorcido por causa da pobreza das mulheres e da falta de acesso à educação, enquanto o verso tornou-se o domínio estimado dos homens instruídos, endinheirados. Ligando os requisitos econômicos ao valor estético, Virginia trata a poesia escrita em verso como se fosse a mais respeitável das formas literárias. Desse modo, Virginia exige que as mulheres não apenas ganhem 500 libras por ano – a quantia mínima que T. S. Eliot estava disposto a aceitar quando, em 1922, seus amigos estipularam uma anuidade para ele, tal como Virginia informou a Roger Fry (WOOLF, 1978, v. 2, p. 572) – mas também, como Eliot, que produzam a forma literária que reflita sua segurança financeira. Contudo ela qualifica seu desejo com essa passagem escorregadia; na verdade, o ponto crucial de seu argumento:

> Sem dúvida, quando ela tiver o livre uso de seus membros, iremos vê-la [i.e., qualquer escritora] pondo essa forma [o romance] em condições que lhe convenham; e proporcionando algum novo veículo, não necessariamente em versos, para a poesia que lhe é inerente. Pois é à poesia que ainda é negada a expressão (p. 76).

Aqui o "verso" e a "poesia" se separam em definitivo. Aqui Virginia usa claramente a palavra "poesia" para significar a grande literatura, em particular um grande romance, mas o próprio fato de que tenha clarificado o sentido nessa passagem põe em destaque que ela não o fez em nenhum outro local do ensaio. Isto é, em outras passagens Virginia usou ambiguamente e de propósito a palavra "poesia" para associar, na mente da leitora, sua própria forma, a prosa, àquela forma historicamente mais conceituada e, em geral, de molde masculino. *Um quarto só seu* mostra Virginia abrindo caminho para sua própria classificação como "poeta", uma romancista criando "algum novo veículo" que expresse "a poesia que há nela". Ao mesmo tempo que escrevia essas palavras, ela estava planejando *As ondas* como um desses novos veículos.

As ondas exprime toda a ação do romance segundo a perspectiva de seis personagens. Dessa forma, o livro mescla o conteúdo tradicional do romance, a interação entre os personagens, com o conteúdo tradicional da poesia lírica, o "solilóquio em solitude" (v. o ensaio "A poesia, a ficção e o futuro", p. 77). Desde *O quarto de Jacob*, a ficção de Virginia incorporara três instrumentos tomados de empréstimo à poesia: o "eu" lírico, a linguagem figurativa e a repetição sonora. Esses instrumentos encontram sua expressão mais clara em *As ondas*, em que eles fascinam o leitor com uma sinestesia verbal. O livro é o apogeu do esforço de Virginia para transportar o modo lírico para o romance.

"Carta a um jovem poeta"

Em janeiro de 1931, a editora do casal Woolf, a Hogarth Press, contratou o poeta John Lehmann (1907-1987), então com 24 anos, para exercer o cargo de gerente. Um dos principais projetos de Lehmann na editora era o de lançar a série As Cartas da Hogarth, uma série de ensaios em forma de panfletos sobre questões políticas e estéticas contemporâneas e de cartas pessoais que estariam ao alcance do público. O ensaio de Virginia "Carta a um jovem poeta" (1932), uma espécie de pós--escrito ao livro *As ondas*, foi escrito para essa série, graças ao incentivo de Lehmann, o "caro John" a quem a carta é endereçada. (O fato de que o romancista Hugh

Walpole, em vez de Woolf, escreveu "Uma carta a um jovem romancista", um panfleto posterior da série da Hogarth Press, é mais uma indicação de que Virginia não via mais seus colegas, os romancistas, como seus interlocutores.) O estratagema de se dirigir a Lehmann permite que Virginia se dirija também aos pares mais renomados do funcionário da Hogarth, os oxfordianos W. H. Auden (1907-1973), Cecil Day-Lewis (1904-1972) e Stephen Spender (1909-1995). A peça é um estudo de duplo sentido, um aparente consolo que, na verdade, insulta os poetas que a carta deveria confortar.

"Carta a um jovem poeta" articula as "ideias imaturas e tolas e loucas e perturbadoras sobre prosa e poesia" às quais Virginia alude numa carta privada a Lehmann (WOOLF, 1981, v. 4, p. 380-381). O tom da carta aberta é um tom sugerido pelos seguintes adjetivos: ela é contraditória, evasiva, falsamente depreciativa da escritora e genuinamente depreciativa do destinatário. Virginia começa relembrando o lamento de um velho cavalheiro de que "o correio de um pêni [...] acabara com a arte de escrever cartas" (neste livro, p. 29). A própria existência da "Carta" em questão prova que esse lamento é infundado, e Virginia insiste neste ponto: "repliquei, após todos esses anos, ao velho necrófilo: Besteira. A arte de escrever cartas mal acabou de nascer. Ela é filha do correio barato" (p. 30). Por conseguinte, a arte da poesia tampouco está morta; tal como a arte de escrever cartas, ela inicia uma nova vida. Simetricamente, a carta conclui com a consciente confissão relativamente à poesia: "Eu, de todo modo, recuso-me a ser necrófila" (p. 48), uma recusa baseada na feliz expectativa de uma longa vida dedicada à escrita por parte do destinatário e seus amigos. Entre essas passagens, Virginia examina alguns dos versos e problemas do jovem poeta hoje e expõe seu argumento de que, para inovar, a poesia deve passar do modo lírico solipsista para a forma dramática densamente povoada ou, na verdade, para qualquer forma que envolva "escrever sobre outras pessoas" (p. 42).

Claro do princípio ao fim é o objetivo da carta de encorajar os jovens poetas em seus esforços literários e estimular sua ambição de criar novas formas. Contudo o tom evasivo e o conselho conflitante complicam a sinceridade de seu objetivo. Admitindo sua ignorância da forma poética antes de se lançar na crítica, ela escreve: "A falta de uma sólida formação universitária tem, desde sempre, me impedido de distinguir um iambo de um dátilo" (p. 31). Essa antiga aluna de literatura grega certamente sabe seus pés métricos. Ela suaviza a severidade de seu iminente ataque pela tática de sugerir que ela não é uma boa julgadora de poesia, ao mesmo tempo que acusa o patriarcado, de que, em sua visão, os jovens poetas se beneficiam, de negar-lhe uma educação que poderia ter-lhe ensinado a escrever em verso. O silêncio sobre sua própria educação universitária em grego fomenta sua acusação.[1] Então ela admite nutrir os vieses que se esperaria de uma romancista: "a prática da prosa tem produzido em mim, tal como na maioria dos escritores de prosa, uma inveja tola, uma indignação moralista – uma emoção, de qualquer modo, de que o crítico poderia prescindir" (p. 31). Absolvendo a si própria de culpa simplesmente por confessar tudo, ela então expressa em detalhes "o tipo absurdo de prosa que os escritores de prosa usam quando estão a sós" (p. 32): que a prosa é mais difícil de escrever que a poesia porque um poeta tem apenas que seguir as regras da rima e do metro, que a prosa é mais honesta porque não está limitada por essas regras, e que a prosa é mais ousada por causa de sua liberdade e sua relativa juventude ("Somos os criadores, somos os exploradores", ela escreve na p. 32). Essa graciosa mas discutível autorrecriminação permite que Virginia diga sem riscos o que ela realmente pensa. Depois de admitir seus preconceitos, Virginia adverte o jovem poeta contra a possibilidade de se deixar envolver num grupo literário e tomar partido – de "se torna[r] um animalzinho inseguro, que arranha e morde" (p. 33). Mas, então, ela escreve que se endereçará ao seu destinatário "como vários poetas num só" (p. 34) e mais adiante faz citações de Lehmann, Spender, Auden e Day-Lewis sem atribuir suas respectivas autorias, firmando assim a ideia de que esses jovens poetas formam um grupo. E, claramente, ela própria toma partido.

Acenos a *Um quarto só seu* debilitam o suposto estímulo de nossa autora. Imaginando o que é ser um jovem poeta em 1931, ela descreve a si própria sentando-se a uma escrivaninha, ouvindo um ritmo sem palavras e observando uma cena pela janela: "Uma mulher passa, depois um homem; um carro freia devagarinho até parar e então –" (neste livro, p. 34) A essa freada, o poeta de Virginia se enche de frustração diante de sua rotina pós-romântica, incapaz de administrar a assimilação da "arenosa" realidade ao verso. A vida "deixou tudo isso a cargo do romancista" (p. 35), postula Virginia com ambígua sinceridade, ecoando o que ela francamente dissera a W. B. Yeats e Walter de la Mare em novembro de 1930: "Tudo deixado a cargo dos romancistas" 1930 (WOOLF, 1981, v. 3, p. 330). Próximo do fim de *Um quarto só seu*, uma parada no tráfego traz a seguinte cena à atenção da narradora: "uma garota [...] e depois um rapaz [...] um táxi [...] o táxi parou; e a garota e o rapaz pararam; e eles entraram no táxi" (p. 95). A cena, como ficamos sabendo, "acalma a mente" (p. 95) da narradora porque ela prova que "é natural que os sexos se ajudem" (p. 96). O que frustra o jovem poeta acalma a velha romancista. Essa sorrateira comparação sugere que falta ao jovem poeta a mente andrógina, espontânea que a velha romancista recomenda e esforça-se por ter, e também sugere que o poeta luta para transformar a arte cotidiana em vida, enquanto a romancista facilmente consegue. Mais adiante na carta, a romancista zomba de uma voz interna que lhe diz que esses poetas escrevem como se tivessem "um corpo unissexual" e que "um poeta deveria ser bissexual" (neste livro, p. 45), precisamente como ela concedera àquela voz interna uma abundante expressão em *Um quarto só seu*. Aqui, seu silenciamento meio zombeteiro dessa voz interna sugere que o trabalho desses jovens poetas, todos homens, é insuficientemente sensual, seja de uma forma masculina seja de uma forma feminina, que pode ser uma ironia sutil à homossexualidade de vários dos jovens poetas. "São os romancistas que agora estão fazendo todas as coisas interessantes" (p. 34), cita Virginia como algo que o destinatário da carta teria escrito, e que Lehmann pode muito bem ter dito. Embora o objetivo declarado da carta seja o de aliviar essas ansiedades e mostrar que os poetas também podem fazer coisas interessantes, a suspeita secreta de Virginia, e talvez a esperança, expressada mais diretamente nos seus ensaios do final dos anos 1920, é a de que a poesia está de fato morrendo e o romance está absorvendo suas energias. Ela é uma necrófila enrustida.

Para demonstrar a luta do poeta, Virginia cita o poema de Auden que começa com "Qual de vocês ao acordar cedo e ver a aurora". Ela observa que a linguagem vacila entre o elevado e o baixo, a "beleza" e a "realidade", fazendo com que o poema fique "rachado ao meio" (p. 37). O poeta está obcecado, nas palavras de Virginia, com "os objetos comuns da prosa cotidiana – a bicicleta e o ônibus" (p. 36). Virginia vê outro problema na poesia de Lehmann, Spender e Day-Lewis, que ela cita em sequência. Ela observa que eles escrevem apenas sobre si mesmos, como se eles se escondessem do mundo num quarto privado e escuro. O poeta ignora o "que temos em comum" (p. 40), o mundo social habitado pela "sra. Gape, a criada" (p. 30). Essa é a primeira menção à sra. Gape, invocada ao longo de toda a carta. Essa figura não se assemelha a nenhuma figura do verso dos jovens poetas tanto quanto se assemelha à sra. Brown de Virginia, do ensaio em que ela contesta o método da ficção de Arnold Bennett. E tal como em "O sr. Bennett e a sra. Brown", a "Carta a um jovem poeta" argumenta que a literatura se beneficiaria de uma abordagem específica sobre a forma de representar o personagem. Virginia identifica o recuo da vida comunal por parte dos jovens poetas como sendo a causa de sua autoabsorção e da atenção dada a fatos materiais, e recomenda, assim, que eles estudem, como solução, outras pessoas. Ela diz aos poetas: encontrem "a relação [...] entre o eu que você conhece e o mundo lá fora" a despeito das "milhares de vozes profetizando o desespero" (p. 43). Em "Kubla Khan", Coleridge escreveu: "Kubla ouviu ao longe / Vozes ancestrais profetizando a guerra" (linhas 29-30). Virginia dá ideias contra o desespero ao mesmo tempo que sutilmente estimula a guerra entre as formas literárias.

A solução de Virginia para o impasse da poesia exige uma mudança no conteúdo e na forma. A mudança no conteúdo, sugere ela, é uma virada em direção a outras pessoas; a mudança na forma, propõe ela, é uma adaptação das formas poéticas do passado que foram uma vez usadas para explorar uma gama da vida humana. O período elisabetano introduziu personagens complexos e variados. A sátira do século dezoito e o *Don Juan* de Byron fizeram os leitores darem risadas. Os longos poemas de Crabbe revelaram, sem sentimentalismo, a vida dos camponeses. Virginia recomenda "repensar a vida humana em termos de poesia e nos dar, assim, de novo, a tragédia e a comédia, não através de personagens desenvolvidos em detalhes, à maneira do romancista, mas condensados e sintetizados, à maneira do poeta" (p. 44). Essa é a assertiva mais direta sobre a forma poética contemporânea na carta de Virginia. Embora ela não diga tão explicitamente, ela parece argumentar que a poesia lírica em particular não é a forma desta época, e que poesia dramática, épica e satírica é a mais apropriada. O que ela pede, na verdade, é que os poetas façam uma troca justa com ela. Ela incorporou o modo lírico, associado com a poesia, no romance, e agora exorta os poetas a incorporar personagens, associados com o romance, na poesia.

Virginia sugere que o modo lírico pode ser bem-sucedido na prosa, mas não mais no verso. Uma alusão a um dos poemas líricos mais famosos da poesia inglesa, o "Vaguei só como uma nuvem" [*"I Wandered Lonely as a Cloud"*] de Wordsworth, reforça esse argumento implícito. Voltando à cena do poeta olhando para fora pela janela e vendo um homem e uma mulher e um táxi, Virginia aconselha: deixe "seu sentido rítmico se abrir e se fechar [...] até que os táxis dancem com os narcisos" (p. 43), isto é, até que o prosaico e o poético se unam para formar um todo. Sobre a relembrada vista dos narcisos, Wordsworth escreveu:

> Quando no leito entro
> À toa ou em pensativa atitude,
> Eles luzem olho adentro
> Que é a benção da solitude;
> E aí a alma em pulos precisos
> Dança alegre com os narcisos.[2]

Do "pensativo" poeta romântico em seu leito desce o desesperado jovem poeta à sua janela. Enquanto a alma do poeta romântico "dança com os narcisos" para inspirar esse lirista, o jovem poeta de 1932 deve fazer os táxis dançar com aqueles narcisos para obter versos similarmente harmoniosos. Os poetas, hoje, devem encontrar uma maneira de extrair significado de objetos modernos, aparentemente nada poéticos. Anteriormente, na carta, Virginia contrastara as personas autoabsortas do verso dos jovens poetas com o "eu que Wordsworth [...] descreve[u]" (p. 40), um "eu" lírico fascinado por outras pessoas e o mundo ao seu redor. Em "Vaguei só como uma nuvem", Wordsworth deleita-se, em solitude, lembrando-se da "alegre companhia" dos narcisos; a alusão ao poema faz lembrar aos jovens poetas que a solitude não precisa resultar num verso isolacionista, uma vez que o mundo exterior pode encontrar expressão através do "olho interno". A alusão a Wordsworth enfatiza que a poesia lírica, hoje, fracassa onde Wordsworth é bem-sucedido porque o desafio é maior (o poeta, hoje, deve absorver o material nada poético) e o esforço tem sido mais fraco (o poeta, hoje, deve superar esse isolamento).

Após seu argumento central de que o poeta deve se reconciliar com o mundo exterior, Virginia dá doses menores de conselho: escreva com atenção aos sentidos físicos; sugira significados inenarráveis por detrás das palavras; escreva "um longo poema em que pessoas tão diferentes de você quanto possível falarão o mais alto que puderem"; e mais irritantemente à sua plateia: "não publique nada antes dos trinta anos" (p. 47). O conselho para retardar a publicação torna mais clara a analogia do início, entre a poesia e o correio de um pêni. Virginia explica no início da carta que, quando o envio de cartas era caro, elas eram cuidadosamente redigidas e censuradas, e havia a possibilidade de que algum dia fossem publicadas, enquanto o correio de um pêni permite que os correspondentes escrevam ao bel-prazer e francamente e sem nenhuma preocupação com a posteridade. No final da carta Virginia sugere que a arte da poesia, tal como a arte de escrever cartas, se beneficiaria se fosse escrita tendo em vista um público particular. (O fato de que a dela é uma carta pública que só faz de conta que é particular – e, assim, "íntima, incontida, indiscreta" (p. 30) – condiz com a duplicidade de Virginia.) O jovem poeta deveria escrever em todos os estilos e formas para praticar, não para publicar, explica ela; publicar faz com que se queira agradar ao público. De novo, relembrando seu ensaio feminista *Um quarto só seu*, Virginia aconselha: "lembre-se de que os maiores poetas eram anônimos" (p. 48). Sempre contraditória, ela então identifica os nomes de três dos maiores poetas, os ancestrais dos jovens poetas: Shakespeare, Shelley e Safo. Trata-se de um grupo escolhido, com certeza, não apenas porque seus nomes formam uma aliteração, mas também porque inclui um escritor que Virginia identifica, em *Um quarto só seu*, como "andrógino", um outro que ela identifica como "assexuado" e uma mulher.[3] Essa seleção fornece o leque de possibilidades para os jovens poetas: eles podem se esforçar por serem mentalmente "bissexuais", ainda que Virginia tenha antes suprimido, na carta, essa sugestão; eles podem ser assexuados, tal como Virginia advertiu antes que não fossem; ou eles podem ser o que não podem, mulheres. Nenhuma dessas possibilidades admite uma voz puramente masculina. Em *Um quarto só seu*, Virginia instigava as mulheres a escreverem "poesia" (termo pelo qual ela queria dizer a "grande literatura") lutando pelo anonimato; aqui ela instiga os homens a escrever "poesia" (agora significando "verso") que silencie sua masculinidade ou a mescle com a feminilidade. Em sua mente, a consciência do sexo, por parte dos homens ou das mulheres, obstrui uma obra. Seus objetivos permanentes são os de diminuir o domínio masculino sobre aquilo que é considerado "poesia" e fortalecer a sua impessoalidade.

As inconsistências de Virginia ao longo de "Carta a um jovem poeta" assinalam sua própria ambivalência sobre o projeto dos jovens poetas. Por um lado, ela de fato parece honestamente querer encorajá-los em sua carreira de escritores e desejar e esperar deles o grande verso. Por outro, ela não consegue abalar sua convicção de que interpretar regras sobre o metro e a rima é imbecil e ingênuo e antiquado, e de que a prosa é um meio mais flexível de unir "fatos" e significados mais profundos. Sua atitude para com o verso lírico em particular é complicada por seu próprio sentimento de competição com a forma lírica.

"A torre inclinada"

Em seu ensaio "A torre inclinada", de 1940, Virginia volta ao grupo de poetas que ela aconselhara oito anos antes. Aqui ela cita Day Lewis, Auden, Spender, Isherwood e Louis MacNeice como os literatos da época. Lehmann fica de fora porque ele se concentrara em publicar o verso de outros em vez de escrever o seu próprio. MacNeice junta-se ao grupo, sendo objeto de grande desaprovação por seu longo poema autobiográfico "Autumn Journal" ("Diário de outono"). Virginia não louva a tentativa de MacNeice de escrever na forma que ela recomendara, o poema longo, nem tampouco reconhece as inovações formais dos outros poetas. Isherwood, o único romancista, é uma inclusão estranha, uma vez que Virginia não aborda seus romances, e nenhum romance, na verdade: o argumento do ensaio é, mais uma vez, uma crítica da poesia contemporânea. Woolf sabe que esses escritores não se identificam como um grupo exclusivo ou fixo. Mas ignorar as diferenças entre eles permite-lhe fazer generalizações sobre sua classe e situação.

Diferentemente de "Carta a um jovem poeta", seu astucioso, fascinante antecessor, "A torre inclinada", mantém um tom grave. O objetivo explícito de Virginia não é mais o de incentivar os jovens poetas, mas, antes, o de deplorar o fato de que eles deixaram de fazer o que ela aconselhara no início da década, ou seja, combinar a realidade da vida moderna com a beleza do verso e criar personagens. Em vez disso, escreve Virginia, devido à sua aguda autoconsciência e sua consciência de classe, causadas pela Primeira Guerra e a perpétua instabilidade que se seguiu, eles escreveram uma poesia moralista, apologética, uma poesia que vociferava, com "o tom pedagógico, o tom didático, o tom de alto-falante" (p. 272).

Virginia observa que, enquanto a poesia dos jovens homens celebra a classe operária e condena a sociedade burguesa da qual os homens têm tirado proveito, essa poesia não transmite nenhuma compreensão dos indivíduos que formam o proletariado ou a burguesia: "Não há nenhuma classe tão estabelecida que eles possam explorar inconscientemente. É talvez por isso que eles não criam nenhum personagem" (p. 268). Criar personagens e ao mesmo tempo evitar proselitismos foi o que Virginia lutou para fazer de 1931 a 1937, enquanto escrevia e revisava um manuscrito que ela chamava de "ensaio-romance", que ela acabou por desmembrar em um livro de ficção, *Os anos* (1937), e um tratado político, *Três guinéus* (1938). *Os anos* é tão político quanto *Três guinéus*, mas representa a história em vez de polemizar com seus atores. Assim, ao criticar os jovens poetas por "não criar nenhum personagem", Virginia silenciosamente credita a si própria por ter sido bem sucedida nisso. Contudo Virginia admira o fato de que os jovens poetas, tendo falhado em criar personagens, expuseram suas próprias personalidades, suas imperfeições psicológicas e tudo o mais. O foco em si mesmo que Virginia via como problemático em "Carta a um jovem poeta" torna-se aqui objeto de louvor. "Os escritores da torre inclinada escreveram honestamente sobre si mesmos e, portanto, criativamente" (p. 273), diz Virginia, coisa difícil de ser feita e prerrequisito para escrever honestamente sobre os outros. O título do ensaio refere-se à metáfora que Virginia usa para descrever a posição do escritor contemporâneo jovem e financeiramente seguro. Alojado acima da maioria da população, numa torre construída graças à "origem de classe média" e à "educação de alto preço" (p. 265), o jovem escritor senta-se em sua cadeira da qual, "preso por sua educação, imobilizado por seu capital", ele vê que a torre em que está sentado inclina-se progressivamente (p. 269). Especificamente, a torre inclina-se para a esquerda, uma analogia física para a política socialista partilhada, com mais ou menos fervor, pelos jovens escritores. Na perspectiva de Virginia, a torre começara a se inclinar muito recentemente: da época de Chaucer até o século XIX, os escritores ingleses estavam seguros em sua classe e não eram perturbados por divisões de classe. Mas desde a Grande Guerra, a posição social do escritor jovem tem sido incerta; o mundo lá embaixo parece inclinado, e a distância lá longe muda perpetuamente.

Virginia junta os poetas com a elite educada cuja literatura ela categoricamente critica, e junta os romancistas, grupo de que faz parte, com o populacho, o insincero "nós" de que ela fala. Esse "nós" está presente em todo o ensaio, como, por exemplo, na observação sobre os jovens poetas: "esse estado de espírito tal como o vemos refletido em seus poemas e peças e romances está cheio de discórdia e amargura, cheio de confusão e de transigência" (p. 269). Observe-se que Virginia não discute quais "peças e romances" ela tem em mente. Ao mesmo tempo que parece condenar a produção dos poetas dos anos 1930 em todas as formas literárias, ela, na verdade, deixa o drama e o romance absolutamente ilesos. Embora goze dos mesmos privilégios e esteja sujeita à mesma ameaça a seu estilo de vida que os jovens poetas, ela se une à classe operária a fim de promover o romance. No ensaio "A poesia, a ficção e o futuro", ela escreve que "a poesia tem se mantido à distância, na posse de seus sacerdotes", enquanto "a prosa tem se encarregado de todo o trabalho sujo" (neste livro, p. 86). Os jovens poetas se enquadram perfeitamente no esquema que ela estabeleceu: eles são os sacerdotes, enquanto ela, a escritora de prosa, é a criada.

Ao citar apenas a poesia para justificar seu ponto de vista, Virginia dá a entender que ela é uma arte cuja posição é tão precária quanto a do privilegiado habitante da torre, uma arte quase socialmente injusta, enquanto o romance é uma arte para as massas, uma forma democrática, abrangente. Tendo em vista a criação do imposto de renda e o crescimento de então do sistema de biblioteca pública, Virginia prediz uma iminente sociedade sem classes. Ao celebrar a sociedade sem classes, Virginia, na verdade, celebra também uma sociedade sem poetas. Uma sociedade sem classes é, naturalmente, o ideal do próprio poeta: pela lógica de Virginia, eles pregam o advento de um futuro do qual sua própria forma literária estará ausente. Esse futuro será, por outro lado, vantajoso para o romance, porque haverá "mais pessoas interessantes para descrever (p. 275)", pessoas não atrofiadas pela consciência de classe ou sem conhecimento dos que não pertencem à sua. Virginia supõe que essa sociedade feita dessa mistura de classes também beneficiará a poesia, mas sua suposição é superficial: "O ganho do poeta é menos óbvio [...]. Mas ele ganhará palavras" (p. 275), escreve ela, imaginando um intercâmbio de dialetos. E talvez o poeta se torne menos propagandista, especula ela, porque suas opiniões serão partilhadas pela sociedade no conjunto de uma "crença comum" (p. 275). Essas sugestões podem ser lidas como ideias tardias, migalhas consoladoras atiradas a uma criatura cujo *habitat* está desaparecendo.

"A torre inclinada" pode ser vista como a contraparte de *Um quarto só seu*, com o primeiro focalizado na classe, e o segundo, no gênero. Em ambos os ensaios, Virginia promove a educação e a escrita das pessoas em desvantagem: as mulheres, os operários. Em *Um quarto só seu*, ela considera o romance como sendo, potencialmente, "poesia", a fim de enobrecer a ficção em prosa e, por consequência, a escrita das mulheres; em "A torre inclinada", ela considera o romance como democrático e a poesia como aristocrática a fim de defender a ficção em prosa e, por consequência, as classes menos educadas. Em 1929, Virginia quer marcar sua forma literária como sendo de elite; em 1940, ela quer retratá-la como sendo precisamente o oposto. Virginia sempre associa a palavra "poesia" ao prestígio, e manipula essa conotação para obter aprovação para sua própria forma, o romance. Em "Carta a um jovem poeta", Virginia estava um tanto sinceramente esperançosa quanto ao futuro da poesia inglesa; no ensaio "A torre inclinada", ela estava um tanto sinceramente frustrada com a produção daquela década. Ambos os ensaios revelam a rivalidade de Virginia, como romancista, contra os jovens poetas. No começo da década, entre os seus variados sentimentos, estava o desejo de que os jovens poetas não fossem bem-sucedidos, e sua vontade, constante no final da década, de que o versátil romance fosse a forma do futuro.

"Anon"

Perto do fim da vida, o ressentimento frequentemente manifestado por Virginia contra a tradição poética patriarcal deu lugar ao afeto por essa tradição e pelo profundo passado poético, inscrito nos padrões sonoros que tinham sido ouvidos por séculos na natureza, nas rimas das canções infantis e nas poesias líricas anônimas. Embora ela ainda duvidasse da relevância contemporânea da poesia, Virginia admirava a capacidade que ela anteriormente tivera de desenvolver a comunidade e de ser por ela desenvolvida. E, assim, em seu último romance, *Entre os atos*, um *pageant* rural passa em revista a história britânica, com amplas alusões à poesia britânica, unindo, desse modo, um público apreensivo. Esse romance representa uma segunda virada no uso que Virginia fez dos instrumentos poéticos. Ela se valeu dos instrumentos da poesia lírica em *O quarto de Jacob*, *Mrs Dalloway*, *Ao farol* e *As ondas*. Em *Entre os atos*, em vez disso, ela inclui poesia original de sua própria autoria, tanto lírica quanto dramática.[4] Ela também trabalha noutro ensaio importante sobre a forma literária: logo depois de criticar os jovens poetas do sexo masculino do momento em "A torre inclinada", ela se põe a escrever "Anon", um ensaio que celebra os poetas anônimos da Inglaterra medieval.

A imagem que Virginia faz da figura do poeta como um homem privilegiado era apenas uma das duas concepções dominantes que ela tinha dele, cada uma delas historicamente limitada. A outra imagem era de alguém da época medieval que recitava anonimamente, em geral, uma mulher. Esses recitadores de poesia corporificam a teoria de Virginia, expressa em *Um quarto só seu*, de que "Anon, que escreveu tantos poemas sem assiná-los, era, em geral, uma mulher" (p. 49). Em novembro de 1940, mais de uma década depois de *Um quarto só seu*, Virginia começou a escrever "Anon", não publicado em vida, que aprofunda sua afeição pelos primeiros poetas da língua inglesa. Anon não é nem homem nem mulher, mas um e outro: "Anon é às vezes homem; às vezes mulher" (p. 382). Quando tem que usar um pronome singular, Virginia decide-se por "ele", mas o sexo de Anon, tal como seu nome, é irrelevante. O poder de Anon provém de sua indiferença, e da indiferença de sua plateia, no que se refere à sua identidade. Sua preocupação, em vez disso, consiste em incutir a canção em sua plateia, que é a sociedade inteira. Virginia escreve: "Ele é a voz comum que recita ao ar livre. Ele não tem casa. Ele vive uma vida itinerante [...]. Ele era um simples cantor, fazendo uma canção ou uma história se erguer dos lábios de outras pessoas, e deixando a plateia se juntar ao coro" (p. 382). Toda a literatura inglesa deve ser creditada a Anon: antes da tipografia, conjectura

Virginia, "a sua era a única voz que se ouvia na Inglaterra" (p. 383). Isto é, antes de os autores individuais aporem seu nome em obras, toda literatura era oral e comunitária, um eco e uma ampliação geral da canção de Anon. (A história literária de Virginia está cheia de lacunas e simplificações, mas sua exatidão é menos relevante que a ideia que ela tem do poeta.) Virginia atribui essa circulação fácil da linguagem rítmica entre todas as classes à "crença comum" do paganismo e da superstição. Em "A torre inclinada", trata-se de uma "crença comum" secular que Virginia antecipa no mundo sem classes. Em ambos os ensaios, ela vê a "crença comum" como algo que produz uma literatura criada e partilhada por todas as partes da sociedade.

"Anon" traz, pois, à luz o modelo alternativo da figura do poeta que percorre, recorrente mas vago, toda a obra de Virginia. Ele é uma voz andrógina do povo, uma voz que não prega às massas mas vagueia entre elas, convidando-as a adotar suas palavras como se fossem delas próprias. Anon é a personificação de todas as características que Virginia tinha louvado anteriormente num poeta: como a "Anon" especificamente feminina de *Um quarto só seu*, esse Anon não dá a mínima importância à perpetuação de seu nome; como os dramaturgos pranteados em "A poesia, a ficção e o futuro", Anon combina formas literárias e extrai inspiração de seu público; como Wordsworth, na perspectiva tardia que Virginia tem dele, Anon não é autoconsciente e não é dado a pregações. Anon canta sobre qualquer coisa e em qualquer forma – ele conta histórias e encena peças, zomba dos reis e louva os deuses. Mas ele sempre "canta". Virginia vê a canção como a forma canibalista pré-moderna, exatamente do mesmo modo que vê o romance como a moderna.

Depois da invenção da tipografia, a canção lentamente dá origem à poesia, e o menestrel, ao poeta. O ouvido do escritor "é estimulado pelo som das palavras faladas em voz alta", e grande parte do que ele escreve é destinada a ser cantada (p. 389). Com o advento do sistema de mecenato, que sustentou, por exemplo, Edmund Spenser, "o poeta não é mais uma voz errante sem nome, mas está ligado a seu público, preso a um único ponto" (p. 390). À medida que o público do poeta se torna maior, ele deve satisfazer a uma variedade de demandas; a influência exterior sobre sua escrita torna-se mais premente e mais complexa. Com o teatro elisabetano, o menestrel e o poeta se fundem: "a peça em si ainda era anônima. A ausência do nome de Marlowe ou de Kyd mostra quão amplamente a peça era um produto comum, escrito por uma única mão, mas tão moldada, à medida que era transmitida, que o autor não tinha nenhuma noção de propriedade sobre ela. Ela era, em parte, produto do público. E o público era amplo" (p. 395). Mas perto do fim da era elisabetana, em torno da época da última peça de Shakespeare, em 1612, Anon, que vinha tendo uma prolongada morte desde que William Caxton estabelecera a primeira tipografia na Inglaterra, morre de uma vez por todas. O culpado não é evidente. Lord Bacon é, em parte, o responsável. Seus ensaios expressam desprezo pela fala hiperbólica do teatro e pelo povo comum a quem essa fala diverte. E eles exibem uma dicção mais equilibrada, mais cuidadosa. Virginia, então, atribui a Bacon o crédito de ter "provado que há outro tipo de poesia, a poesia da prosa". Ela acrescenta: "Ele estava trazendo à luz a prosa da mente". Ao expressar seus próprios e muito particulares pensamentos, Bacon "estava dando um fim ao anonimato" (p. 397). E, da mesma forma, também Shakespeare: à medida que seus personagens se tornam mais parecidos com indivíduos e menos com modelos, o teatrólogo perde o contato com seu público. E, assim, "a cortina [...] se levanta sobre a *Tempestade*. Mas a peça ultrapassou o teatro a céu aberto em que o sol bate e a chuva cai. Esse teatro deve ser substituído pelo teatro do cérebro. O dramaturgo é substituído pelo homem que escreve um livro. O público é substituído pelo leitor. Anon está morto" (p. 398).

"Anon" está concluído mas não revisado. Estava planejado para ser o primeiro capítulo de um livro chamado *Lendo ao acaso*. O segundo capítulo seria "O leitor", para o qual Virginia rascunhou vários inícios. Esses fragmentos mostram que Virginia tinha a intenção de esboçar um retrato do nascimento do leitor, próximo ao fim do século dezesseis, tendo como foco as reações escritas de Lady Anne Clifford ao teatro. Virginia pretendia estudar o efeito de Shakespeare sobre os escritores e leitores. Ela assim escreve sobre o espectador, passando dele para o leitor: "Em algum momento seu ouvido deve ter perdido a acuidade; noutro, seu olho deve ter se embotado" (p. 428). Mas essas perdas encontram recompensa no grande espaço concedido às divagações do leitor, na sua autorregulação da leitura. Com a *Anatomia da melancolia* (1621), de Burton – a amplificação lógica e grandiosa dos ensaios reflexivos de Bacon – o leitor aparece pela primeira vez. O desabafo que o autor faz de sua vida interior traz o leitor à existência. Com as meditações pessoais de Bacon e Burton, a prosa e o leitor nascem juntos.

Podemos imaginar que as linhas de "O leitor", na hipótese de que Virginia o tivesse concluído, poderiam se assemelhar às de "A poesia, a ficção e o futuro", que argumenta que o romance agora busca fazer o que o drama elisabetano fizera, ou seja, representar a extensão da vida humana. Uma vez que o verso desprendeu-se do palco e entrou num livro — uma vez que o verso lírico desbancou o verso dramático — ele se afastou mais do conjunto. E aqui o romance, a forma de uma época de leitura silenciosa, entrou em cena. Na história literária de Virginia, o romance desloca a canção, a poesia e o drama.

Virginia mantém visões inconsistentes sobre a relação entre a vida interior e a forma literária, visões que nunca foram explicitamente resolvidas. Por um lado, ela regularmente associa a vida interior com a poesia. Daí o fato de ela ter escrito que Bacon criou "a poesia da prosa", "a prosa da mente": a interioridade da prosa de Bacon classifica-a como uma nova espécie de "poesia". Por outro lado, ela acredita que a prosa pode, de maneira mais hábil, transmitir a vida interior em toda a sua complexidade — graus precisos de sentimento, emoções antagônicas, enfado e calma. Pode-se fazer com que essas ideias se encaixem? Penso que sim. Para Virginia, a poesia é para as nuances extremas do ser, os grandes altos e baixos. Nuances mais finas, e intimidades francas, se beneficiam da liberdade da prosa, enquanto as estruturas formais do verso restringem e inibem. Na visão de Virginia, essas estruturas formais, inadequadas para transmitir a maior parte da vida interior, habilmente transmitem a forma da vida interior, o ritmo e a recursividade do pensamento. Incluir os instrumentos do verso na prosa (por exemplo, o "eu" lírico, a linguagem figurativa, a recursividade auditiva) possibilita as vantagens de cada forma, as paixões e os padrões que marcam o verso de Shakespeare e de Shelley, e as precisões e revelações que distinguem a prosa de Bacon e de Burton. É por isso que Virginia toma de empréstimo os instrumentos do verso.

"Artesania"

Em abril de 1937, Virginia apresentou na BBC um pequeno estudo sobre a travessura das palavras. Embora não seja visivelmente sobre poesia, "Artesania" confirma a apreciação de Virginia pelo verso memorizado e por sua característica evocativa.[5] O título foi-lhe imposto, e ela começa sua apresentação rejeitando-o: as palavras não são um material maleável que pode ter um uso prático, argumenta ela, ou, no mínimo, elas detestam quando são postas a servirem como tal. Para provar seu argumento de que as palavras não se prestam a isso, ela descreve como, numa plataforma do metrô de Londres, a placa "Passando pela Russell Square" faz com que ela se lembre do verso de Christina Rossetti: "Passando, diz o mundo, passando" – e assim ela entra no trem errado (neste livro, p. 66). Em outra passagem de "Artesania", ela cita versos de Tennyson, Keats, Shakespeare e Robert Heywood. Certamente o aspecto associativo das palavras (e o risco de perder a parada do metrô) é reforçado pelo fato de se ter uma mente cheia de poesia. Em "A poesia, a ficção e o futuro", Virginia demonstra pouco apreço pelo "poder de registrar os fatos" (p. 88), que é próprio da prosa; uma década mais tarde ela faz a mesma coisa, exagerando seu pouco apreço ao colocar em dúvida esse poder.

O ensaio "Artesania" explica que, por causa de seus longos e variados usos, as palavras trazem à lembrança outras palavras. É em associações inspiradoras que as criaturas personificadas são mais felizes. Em contrapartida, elas "odeiam qualquer coisa que as estampe com um único significado ou as confine a uma única atitude, pois é de sua natureza mudar" (p. 74). Em nenhum outro lugar a mutabilidade das palavras é mais evidente do que na poesia. A prosa de Virginia, por seu poder alusivo, por sua ambiguidade, por sua riqueza de formas e por seus significados em evolução, também instiga outras palavras – como este Posfácio e tantas outras obras de literatura, de crítica e de análise. As palavras de Virginia estão, pois, entre as mais felizes.

Nota do tradutor

As citações da autora a textos de Virginia aqui traduzidos têm como referência a presente coletânea. As citações dos textos de Virginia que fazem parte da presente coletânea remetem à respectiva página deste livro. No caso de *Um quarto só seu* (*A Room of One's Own*), as citações, por mim traduzidas, remetem à edição do livro em inglês listada nas referências bibliográficas.

O ensaio de Emily Kopley aqui apresentado em tradução é o resumo, feito pela autora, de partes selecionadas de seu livro *Virginia Woolf and Poetry* (Oxford University Press, 2021). Agradecemos a autora pela pronta aceitação do convite para fazer parte desta coletânea e à editora pelas devidas autorizações editoriais.

Notas

[1] No livro em que se baseia este ensaio (*Virginia Woolf and Poetry*), na p. 302, nota 47, escrevo: "Embora a adulta Virginia Woolf frequentemente alegasse ter sido inteiramente uma autodidata e mostrasse simpatia para com mulheres que não tivessem recebido uma educação universitária, Christine Kenyon e Anna Snaith encontraram provas de que, quando jovem, a escritora frequentou cursos universitários por cinco anos. Entre 1897 e 1901, Virginia Stephen estudou no Ladies' Department do King's College, de Londres, tendo frequentado aulas de História, Grego, Latim, Alemão e Arte e Arquitetura. Notadamente, Virginia não frequentou aulas de Literatura Inglesa". Ver: JONES, Christine Kenyon; SNAITH, Anna. 'Tilting at Universities': Woolf at King's College London. *Woolf Studies Annual*, n. 16, p. 1-44, 2010.

[2] No original de Wordsworth: "*For oft, when on my couch I lie / In vacant or in pensive mood, / They flash upon that inward eye / Which is the bliss of solitude; / And then my heart with pleasure fills, / And dances with the daffodils*" (lines 19-24). (Nota do tradutor.)

[3] Em *Um quarto só seu* (2005), Virginia identifica como "andróginos", Shakespeare, Keats, Sterne, Cowper, Lamb e Coleridge, e acrescenta: "Shelley talvez fosse assexuado" (p. 102).

[4] No rascunho, Virginia reproduziu a poesia lírica de Isa Oliver como verso. Na revisão, ela removeu as quebras de linha.

[5] Para mais detalhes sobre "Artesania", ver meus dois ensaios sobre ele, na bibliografia.

Referências bibliográficas

COLERIDGE, Samuel Taylor. (1797). Kubla Khan: A Vision in a Dream: 1816. In *Romanticism: An Anthology*. 2. ed. Com CD-Rom. Editado por Duncan Wu,. Malden, MA: Blackwell, 2003. p. 522-524.

KOPLEY, Emily. At the service of words: Hearing the echoes, memories, associations in Virginia Woolf, "Craftsmanship". *Times Literary Supplement*, p. 17-19 , 28 abr. 2017.

KOPLEY, Emily. *Virginia Woolf and Poetry*. Oxford: Oxford University Press, 2021.

KOPLEY, Emily. Virginia Woolf's Conversations with George Rylands: Context for *A Room of One's Own* and "Craftsmanship". *The Review of English Studies*, v. 67, n. 282, p. 946-69, 2016.

WOOLF, Virginia. "Anon" and "The Reader": Virginia Woolf's Last Essays. Org. Brenda Silver. *Twentieth Century Literature*, n. 25, 1979, p. 356-441.

WOOLF, Virginia. *The Diary of Virginia Woolf*. Org. Anne Olivier Bell (v. 2-5 em conjunto com Andrew McNeillie). Nova York: Harcourt Brace Jovanovich, 1977-1984. 5 v.

WOOLF, Virginia. Org. Andrew McNeillie (v. 1-4) e Stuart N. Clarke (v. 5-6). San Diego: Harcourt Brace Jovanovich, 1989-1994 (v. 1-4); Londres: The Hogarth Press, 2009-2011 (v. 5-6). 6 v.

WOOLF, Virginia. (1926). How Should One Read a Book?. In: *The Essays of Virginia Woolf*. v. 4. New York: Vintage Publishing, 1994. p. 388-400.

WOOLF, Virginia. (1940). The Leaning Tower. In: *The Essays of Virginia Woolf*. v. 6. New York: Vintage Publishing, 2011. p. 259-283.

WOOLF, Virginia. The Letters of Virginia Woolf. Ed. Nigel Nicolson e Joanne Trautmann. Nova York: Harcourt Brace Jovanovich, 1975-1980. 6 v.

WOOLF, Virginia. (1929) Phases of Fiction. In: *The Essays of Virginia Woolf*. v. 5. New York: Vintage Publishing, 2009. p. 40-88.

WOOLF, Virginia. *A Room of One's Own*. Anotado, com intro. de Susan Gubar. Ed. Mark Hussey. Orlando: Harcourt, 2005.

WOOLF, Virginia. Women and Fiction: The Manuscript Versions of *A Room of One's Own*. Ed. S. P. Rosenbaum. Oxford: Blackwell, 1992.

WORDSWORTH, William. (1807). I Wandered Lonely as a Cloud. In: *Selected Poems and Prefaces*. Ed. Jack Stillinger. Boston: Houghton Mifflin, 1965. p. 191.

Minibios

Roxanne Covelo tem doutorado em Letras pela UFMG (2019), mestrado em Literatura Comparada pela Universidade de Toronto (2012) e graduação em Língua e Literatura Francesa pela mesma instituição (2011). Seus ensaios sobre a literatura e o jornalismo do século XIX estão publicados nas revista *Studies in Romanticism*, *The Review of English Studies*, e *Literature and Medicine*.

Emily Kopley fez a graduação na Yale University e o doutorado na Stanford University. É autora do livro *Virginia Woolf and Poetry* (Oxford University Press, 2021) e de ensaios sobre Virginia Woolf, publicados nas revistas *Times Literary Supplement*, *The Review of English Studies*, *English Literature in Transition*, bem como nos livros *Teaching Modernist Women's Writing in English* (MLA Publications, 2021), *Unpacking the Personal Library* (Wilfred Laurier UP, 2022) e em outros veículos. É professora da McGill University, Montreal, Canadá.

Tomaz Tadeu traduziu Honoré de Balzac, Charles Baudelaire, Jeremy Bentham, Gilles Deleuze, Jacques Derrida, F. Scott Fitzgerald, Henry James, James Joyce, Stéphane Mallarmé, Herman Melville, Thomas De Quincey, Michel Serres, Baruch Spinoza, Paul Valéry e... Virginia Woolf.

Virginia Woolf é... Virginia Woolf.

Copyright da tradução © 2023 Tomaz Tadeu
Copyright desta edição @ 2023 Autêntica Editora

O texto de Roxanne Covelo, originalmente publicado em *Journal of Modern Literature*, v. 41, n. 4 (Summer 2018), pp. 31-47, com o título "Thomas De Quincey in the Essays of Virginia Woolf: 'Prose Poetry' and the Autobiographic Mode", foi impresso aqui com permissão da Indiana University Press.

O ensaio de Emily Kopley é uma síntese, redigida pela autora, de seções extraídas do livro *Virginia Woolf and Poetry* (Oxford University Press, 2021), aqui publicada com a devida autorização da editora.

Todos os direitos reservados pela Autêntica Editora Ltda. Nenhuma parte desta publicação poderá ser reproduzida, seja por meios mecânicos, eletrônicos, seja via cópia xerográfica, sem a autorização prévia da Editora.

EDITORAS RESPONSÁVEIS
Rejane Dias
Cecília Martins

REVISÃO
Cecília Martins

PROJETO GRÁFICO
Diogo Droschi

DIAGRAMAÇÃO
Waldênia Alvarenga

IMAGEM DE CAPA
Interior with Artist's Daughter, pintura de Vanessa Bell, c. 1935-36, The Charleston Trust.
© Bell, Vanessa / AUTVIS, Brasil, 2023

Dados Internacionais de Catalogação na Publicação (CIP)
(Câmara Brasileira do Livro, SP, Brasil)

Woolf, Virginia, 1882-1941
  Uma prosa apaixonada / Virginia Woolf ; organização e tradução Tomaz Tadeu ; posfácios Roxanne Covelo, Emily Kopley. -- 1. ed. -- Belo Horizonte, MG : Autêntica Editora, 2023. -- (Mimo)

  ISBN 978-65-5928-288-3

  1. Antologia 2. Ensaios ingleses 3. Prosa poética I. Tadeu, Tomaz. II. Covelo, Roxanne. III. Kopley, EMily. IV. Título. V. Série.

23-153646   CDD-824

Índice para catálogo sistemático:
1. Ensaios : Literatura inglesa 824

Aline Graziele Benitez - Bibliotecária - CRB-1/3129

Belo Horizonte
Rua Carlos Turner, 420
Silveira . 31140-520
Belo Horizonte . MG
Tel.: (55 31) 3465 4500

São Paulo
Av. Paulista, 2.073, Conjunto Nacional,
Horsa I. Sala 309 . Bela Vista
01311-940 . São Paulo . SP
Tel.: (55 11) 3034 4468

www.grupoautentica.com.br
SAC: atendimentoleitor@grupoautentica.com.br

*Para Cecília que,
discretamente,
tudo refina.*

Este livro foi composto com tipografia Bembo e impresso em papel Off-White 80 g/m² na Ipsis Gráfica.